中公文庫

越後湯沢殺人事件

新装版

西村京太郎

中央公論新社

目次

越後湯沢殺人事件

新装版

第一章　ヴィラ湯沢701号室

1

沢木は、列車が、長い大清水トンネルに入ったとたんに、小説『雪国』の冒頭の一節を思い出した。

今日は、十一月十六日。東京を出る時から、寒かったから、トンネルを抜けたとたんに、一面の雪景色になっているのではないかと、思ったのである。

しかし、長いトンネルを抜けて、上越新幹線のあさひ311号が、越後湯沢駅に入ると、雪どころか、さんさんと、初冬の陽射しが降り注いでいた。

(まだ、雪には、早いのか)

と、思いながら、沢木は、ホームに降りた。

湯沢は、山々に囲まれた小さな温泉町だが、最近、町の様相が一変した。

周囲の山々の麓や、中腹に、真新しい高層マンションが、続々と、建設されたからであ

8

る。

　どれも、真新しく、色彩豊かな建物群だった。まるで、これらの建物に、昔からの湯沢の温泉町が、包囲されているように、見える。

　道路も、それに合わせたように、整備されてきた。関越自動車道を使えば、東京から、この湯沢まで、車で、四時間で、来られるのだ。

　沢木は、今年の春に、マンションの一部屋を購入した。

　東京生れの東京育ちの沢木は、どこかに、自分の田舎を持ちたかったのだ。それに、温泉好きだったから、この湯沢に決めた。新幹線を使えば、八十分で着くことも、嬉《うれ》しかった。

　駅近くの有名なそば屋で、天ざるを食べてから、タクシーに乗った。

「この辺りは、まだ、雪が降らないんだね」

と、沢木は、運転手に、きいた。雪が降り出したら、十年ぶりに、スキーも、楽しみたい。

「まあ、雪は、来月になってからじゃないかね」

と、運転手は、いった。

　まだ、そのせいか、町に、観光客の姿は、少ない。さっきのそば屋の主人もいっていたが、スキー・シーズンになると、駅前通りは、スキーを担《かつ》いだ若者たちで、一杯になるらしい。

四十歳の沢木には、そういう混雑は、苦手である。スキーはしたいが、シーズンの混雑だけは、敬遠したくなる。

山の中腹に立つヴィラ湯沢に着くと、沢木は、中に入り、エレベーターに乗った。購入してから、ここへ来るのは、三度目である。

七階に着く。

調度品などは、すでに買い求めて、並べてあるから、今からでも、住むことが、出来る。今回は、一週間ほど、いるつもりだった。

701号室は、角部屋である。

「沢木」という真新しい表札を、軽くなぜてから、キーを取り出した。

それを、差し込んでから、沢木は「おやっ」と、声に出した。

鍵が、開《あ》いていたのだ。

この前、八月末に来た時、鍵をかけた記憶がある。と、すると、誰かが、勝手に、開けていたことになってしまう。

バブルがはじけてから、マンションの売れ行きが、芳《かんば》しくなく、このヴィラ湯沢も、空《あ》いたままの部屋がある。そんな部屋を、いたずらして、開けて入り込む人間もいるらしいのだ。

沢木は、首をかしげながら、ドアを開けて、中に入った。

二十畳の居間は、カーテンを閉めてあるので、薄暗い。沢木は、カーテンを開ける代りに、電灯のスイッチを入れた。

わざわざ、東京から運んだ家具が、置いてある。

奥の寝室に入って、ここも、明りをつけた。

急に明るくなった寝室に、ダブルベッドが、置いてある。

だが、そのベッドに、和服姿の若い女が、俯伏《うつぶ》せに倒れているのが、沢木の眼に、飛び込んできた。

最初は、寝ているのだと思った。寝ているだけでも、留守中に、他人《ひと》の処に入り込んで、ベッドで、眠っているなどというのは、どういう女なのだろうかと、思うのだが、肩を軽く叩いても、女は、起き上って来ない。

(死んでいるのではないか?)

と、思ったとたん、沢木の顔が、青ざめた。

女は、髪をアップにしているので、首筋が、はっきり見える。その細い首に、何か、黒っぽい紐《ひも》が、巻きついていた。

明らかに、それで首を絞められているのだ。

(どうしたらいいのだろうか?)

警察に、通報すべきなのだろうが、この女のことを、どう警察に説明したらいいのか？久しぶりに、マンションにやって来たが、中に入ってみたら、ベッドで、女が、死んでいたと話して、果して、警察が、信用するだろうか？

東京には、友人の刑事がいるが、まさか、電話して、彼に来て貰《もら》うわけにもいかない。

結局、部屋の電話を使って、一一〇番することにした。そのあとで、ほっとしたのか、急に、寒さを感じた。

寝室に、暖房が、入っていなかったのである。沢木は、壁の暖房のスイッチに手を伸ばしてから、やめてしまった。警察が来た時、現場を、そのままにしておく必要があると、思ったからである。

沢木は、仕方なく、居間に戻り、警察が来るのを待った。
十五、六分して、やっと、パトカーが到着した。湯沢駅前に、派出所はあるが、パトカーは、六日町《むいかまち》警察署から、やって来たらしい。
刑事二人が、部屋に入って来た。二人は、ベッドに俯伏せに倒れている女の様子を見てから、

「芸者だな」

と、小声で、いった。

そういえば、素人の女の感じではなく、全体に、派手な感じがするなと、沢木も、思っ

た。

「あなたの名前は?」

と、刑事の一人が、青田悠一と書かれた警察手帳を見せてから、沢木に、きいた。

「沢木敬《たかし》です」

と、沢木は、いい、名刺を、二人の刑事に渡した。

「東京で、会社をやっておられるんですか」

青田刑事が、名刺と、沢木を、見比べるようにした。

「会社といっても、社員八人の小さな会社です」

「何をやっている会社ですか?」

「オモチャの設計をやっています」

「オモチャですか」

青田刑事は、へえという顔になったが、すぐ、厳しい表情に戻って、

「それで、この部屋で、死んだ芸者と、何があったんですか? 金のことで、いざこざがあって、かッとして、殺したんですか?」

「ちょっと待って下さいよ。私はね、今日、久しぶりに、一週間の休みがとれたので、今年の春に買ったこのマンションで、過ごそうと、何ヶ月ぶりかで、やって来たんですよ。着いてみたら、鍵が開いていた。変だなと思いながら、入ってみたら、ベッドの上で、彼

女が、死んでいたんですよ。びっくりしましたよ。それで、一一〇番したんです」

「奇妙な話ですねえ」

「私も、そう思いますよ」

「もし、あなたのいう通りだとすると、彼女は、知らない女だということですか？」

「ええ。知りませんよ」

「今日、何時に、東京を、出られたんですか？」

「午前一一時〇八分東京駅発の上越新幹線に、乗ったんです。越後湯沢に着いたのは、一二時二九分です」

「それから、すぐ、ここへ来たんですか？」

「いや、駅近くのそば屋で、天ざるを食べましたよ。Ｋという店です」

「その店なら知っています。ところで、一一時〇八分発の新幹線に乗ったというのは、証明できますか？」

と、青田刑事が、きく。

沢木は、眉を寄せて、

「誰も、送りに来てくれてはいませんからね。ただ、切符は、社員に買って貰いましたから、その男が、何時の切符か、覚えていると、思いますよ」

と、いってから、続けて、

「繰り返しますがねえ、私は、何の関係もありませんよ。あの女も知らないんだ」

「それは、調べれば、わかることです。しばらく、ここから、動かないで頂きたい」

と、青田刑事は、いった。

鑑識が来て、部屋の状況などの写真を撮《と》り、指紋を採取し、死体を運んで、帰って行った。

2

夕刊に、事件のことが、大きくのった。

〈越後湯沢のマンションで、芸者が、不可解な死。殺人の可能性も！〉

と、報道された。

沢木の実名は、出ていなかったが、東京で会社社長をやっているSさんの部屋とは、書かれていた。

動かないでくれといわれたので、夕食をとるために、外出するわけにはいかず、電話をかけて、近くの中国料理の店に、チャーハンを注文した。いや、チャーハンだけでは、運んでくれないというので、余分に、五目そばや、ギョーザなども、頼んだ。

それを、食べているところへ、刑事が、やって来た。

今度は、四十五、六歳の三浦という警部も、一緒だった。

小柄だが、がっしりした身体つきの男で、強い眼で、沢木を見すえた。

「殺された女ですが、名前は、早川ゆかり。二十四歳。芸者として出ている時の名前は、由美です」

「そうですか」

「前からのお知り合いでは、ありませんか？」

「とんでもない。知りませんよ」

と、沢木が、強く否定すると、三浦は、

「おかしいですねえ」

「何がですか？」

「沢木さんは、今年の三月十六日に、この湯沢に、来ていますね」

と、三浦は、手帳を見ながら、いった。

「正確な日時は覚えていませんが、三月に、来ていますよ。この部屋を買うので、見に来たんです。一人じゃなく、うちの社員二人と、三人で、来たんです」

「そして、ホテルＳに泊った？」

「ええ。この部屋には、まだ、ベッドも何も入っていませんからね」

「ホテルSで、夕食の時、芸者を呼んでいますね。二人の芸者を」

「ああ、思い出しました。あの時は、酔っ払いましたね。確かに、芸者を二人、呼びました」

「その一人が、由美だったんです。ここで殺された芸者です」

「え？　そうなんですか？」

沢木は、本当に、驚いたのだが、三浦警部は、相変らず、厳しい顔で、

「あなたは、全く知らない女だと、いっていましたねえ。ところが、八ヶ月前に、会っているんですよ。どういうことなんですか？」

「覚えていなかったんですよ。それに、死顔というのは、ずいぶん、変って見えますから」

「二人芸者を呼んだのを、覚えていますか？」

と、三浦は、きいた。

「ええ。それは、覚えています」

「もう一人の芸者は、とみ子という女です」

「そうですか」

「死んだ由美の方ですが、この町で毎年行われているミス駒子コンテストの、去年の準ミ

ス駒子になっています」

「そうですか」

「覚えていないんですか？」

「ええ」

「おかしいですねえ。とみ子の話では、あなたは、準ミス駒子だけに、美人だといって、彼女の肩を抱いたり、キスしようとしたりしていたというんですがね」

と、三浦は、いう。

「何しろ、あの時は、みんなで、わいわい騒いだのは、覚えているんですが、あとは、酔っ払ってしまって――」

「それだけじゃない。これも、とみ子の話ですが、あなたは、由美に向って、今度、ヴィラ湯沢というマンションを買った、そこから、君に電話したら、来てくれるかなと、聞いていたそうじゃないですか。しかも、名刺を渡した。違いますか？」

と、三浦が、睨むように、見た。

沢木は、すっかり、混乱してしまった。

「とにかく、今もいったように、その時は、酔っ払ってしまったんですよ。そういうことを、いったかも知れませんが、覚えていないんです」

と、必死で、いった。

「信じられませんね。あなたは、昨夜、ここへ来て、電話して、由美を、呼んだ。ところが、彼女は身持ちのかたい娘《こ》でね、あんたのいうことを聞かないので、かッとして、ネクタイで、首を絞めて、殺してしまった。そうなんじゃないのかね？」

と、三浦は、急に、言葉使いを変えた。決めつけるようないい方だった。

「私は、昨夜は、東京にいましたよ。ここへ来たのは、今日の昼です。あさひ311号に、乗って来たんです。うちの社員に聞いて貰えば、その列車の切符を買ったことを、覚えている筈《はず》です」

沢木が、いうと、三浦は、皮肉な眼つきになって、

「切符は、何枚でも、買えるんだ。あんたは、昨夜、急に、早く湯沢へ行きたくなって、新幹線に乗った。とにかく、八十分で、着く。着いてから、置屋《おきや》へ電話して、彼女を、呼んだ。そうなんだろう？」

「昨夜は、東京にいましたよ」

「それを、証明できるのかね？」

「証明？」

「そうだ。芸者由美が殺されたのは、昨夜、十一月十五日の午後十時から十一時の間だ。その間、何処《どこ》にいたのかね？　東京にいたことを、証明できるのかね？」

「その時刻なら、東京の自宅マンションにいましたよ」

「それを、証明する人は、いるのかね?」

「私は、いろいろとあって、去年、家内《かない》と別れて、ひとりでいますからね。証明する人は、いませんよ。しかし、ちゃんと、東京にいたんだ」

沢木も、次第に、言葉が、荒くなった。

「つまり、アリバイなしだ。これから、署に来て貰う」

と、三浦は、いった。

3

沢木は、六日町警察署に、連れて行かれた。

三浦警部は、改めて、訊問《じんもん》を開始し、その時、沢木に、名刺を、突きつけた。

沢木の名刺だった。

「殺された由美は、お客から貰った名刺を、きちんと、整理して、持っていた。その中に、あんたの名刺があったんだよ。裏を見てみたまえ」

と、三浦は、いった。

沢木は、手にとって、裏返してみた。そこに、まぎれもなく、自分の字で、

〈ヴィラ湯沢701号室〉

と、書いてある。

沢木は、少しずつ、思い出してきた。あの時、芸者二人を呼び、社員二人と五人で、酒を飲み、騒ぎ、翌朝は、二日酔いで、頭が痛かった。

二人とも、若い芸者だったが、背の高い方が、ミス駒子コンテストで、準ミス駒子になったと聞いた。それで、さすがに、きれいだと、いったと思う。

購入したマンションの部屋番号も、教えた。

「知らなかったどころじゃないじゃないか。名刺を渡し、裏に、マンションの部屋番号まで書いている。色気十分だ。今度、ここに来た時は、彼女を呼んで、ものにしたいという下心が、見え見えじゃないかね。そして、マンションから、呼びつけたが、思い通りにならないので、かッとして、近くにあったネクタイで、絞め殺したんだ。あのネクタイも、あんたのものなんだろう？」

と、三浦は、いった。

「弁護士に、電話させて貰えませんか」

と、沢木は、いった。

「その前に、彼女を殺したことを、認めたら、どうなんだ？」

と、三浦は、迫る。

「私は、殺していませんよ。あのマンションに、呼んでもいないんだ。私が、着いた時、彼女は、もう殺されていたんだ」

「アリバイもない。最初は、知らない女だと、嘘をついた。これじゃあ、殺していないといっても、誰が、信じるかね？」

「弁護士に、電話させて下さい」

「だから、正直に、何もかも、話したら、どうなんだね？　そのあとなら、いくらでも、弁護士に、電話させてやるよ」

「――」

沢木は、黙ってしまった。

「今度は、黙秘かね」

と、三浦は、肩をすくめた。

結局、翌朝になって、三浦は、沢木に、電話をかけさせてくれた。本人否認のままでも、起訴にもっていけると、思ったのだろう。

沢木は、顧問弁護士の安部に、電話をかけた。

事情を説明してから、

「警視庁の十津川さんにも、連絡しておいて下さい」

「十津川さんなら、知っていますが、お知り合いですか？」

「友人です」

「しかし、新潟県警の事件ですからね。警視庁の警部には、どうにもならんと思いますよ」

「わかっていますが、とにかく、話しておいて下さい」

と、沢木は、いった。

所轄が違うのは、わかっていた。だが、自分は東京の人間だ。県警も、当然、警視庁の協力を仰《あお》ぐだろう。その時点で、十津川は、助けてくれるかもしれない。

沢木の予想した通り、新潟県警は、彼のことを調べて欲しいと、東京の警視庁に、依頼した。

だが、それに対して、十津川が、どう反応したか、六日町署に留置されている沢木には、わからなかった。

二日目の午後の訊問で、三浦は、メモを見ながら、

「あんたは、二回離婚しているね。最初は、二十六歳で、一歳年上の前島京子と結婚し、二年後に離婚、そして、二度目は、三十七歳の時、五歳年下の森ゆう子と結婚したが、去年の夏に離婚している。二人の女性とも、離婚理由として、精神的虐待をあげている」

「それは、正確にいえば、私が、仕事にかまけて、相手の気持を、無視して来たというこ

とですよ」

と、沢木は、いった。話しながら、沢木は、県警が、警視庁に、自分について、照会したなと思った。

「精神的虐待だけじゃなく、森ゆう子の方は、あんたに、殴られたことがあるとも、いっている」

三浦警部は、メモを見ながら、いった。

沢木は、苦笑して、

「警部さん、あなただって、奥さんを、一度くらい殴ったことがあるんじゃありませんか」

「私は、ないよ。それにだ。彼女の証言によれば、あんたは、よく、かッとなる男だと、いっているんだよ。優しくしているかと思うと、突然、怒りだすとね」

「相手が、道理に合わないことをいえば、怒るのが、当然じゃありませんか」

と、沢木がいうと、三浦は、ニヤッとして、

「そうか、十五日の夜も、芸者の由美が、あんたから見て、道理に合わないことを、いったんだな。例えば、あんたは、芸者は、金を出せば、自分のいいなりになると思い込んでいた。ところが、由美は、そうじゃなかった。つまり、彼女の態度は、あんたの道理に合わなかったわけだ。それで、かッとして、殺した。そうなんだろう？」

「それは、警部さんの勝手な推理だ。私は、芸者は、金で、何でもいうことを聞くなんて、思っていませんよ」

「そうかねえ。とみ子の証言だと、三月に、あんたに由美と一緒に呼ばれた時、あんたは、由美にご執心《しゅうしん》で、とみ子に、あの娘《こ》は、いくら出したら、寝てくれるのかと、聞いたそうじゃないか。よくも、芸者は、金でどうにでもなるとは思っていませんなどと、殊勝なことが、いえたもんだ」

と、三浦は、吐き捨てるように、いった。

「私は、そんなことを聞いたかどうか、覚えていませんよ。第一、三月十六日の夜は、酔い潰れて、ほとんど、覚えていないんです」

「都合が、悪くなると、覚えていないか。まるで、悪徳政治家だな。あんたが、犯人であることは、間違いないんだ。三月十六日に、あんたは、由美と、とみ子の二人の芸者を呼んだ。あんたは、去年の準ミス駒子になった由美に惚《ほ》れた。が、一緒だった二人の社員の手前、口説《くど》くことが出来なかった。八ヶ月ぶりに、やって来たあんたは、すぐ、電話で、由美を、呼び出した。彼女の方は、名刺に、社長となっているし、湯沢のマンションを買った人間だからと、安心して、会いに出かけた。ところが、あんたは、芸者は、どうにでもなると思い込んでいるから、いきなり、ベッドに押し倒した。しかし、自尊心の強い彼女は、必死に抵抗した。あんたは、カッとした。それに、こんなことをいいふらされたら、折角《せっかく》、湯沢にマンションを買ったのに、居づらくなってしまう。それで、あんたは、傍《そば》にあったネクタイで、由美を、絞め殺してしまった」

「違いますよ。私が来たのは、翌日の昼なんだ」

と、沢木は、いった。が、三浦は、構わずに、言葉を続けた。

「かッとして、殺したものの、あんたは、死体の処分に、困惑した。運び出したいが、それが、見つかってしまったら、一巻の終りだ。それに、あんたは、もともと、湯沢の住人じゃないから、土地勘はないから、死体の捨て場所がわからなかった。そこで、あんたは、いったん東京に帰り、翌日、初めて、湯沢にやって来たようなふりをして、死体の発見者に、なりすましたんだ。これが、全《すべ》てだ。そうなんだろう？」

「何度いえばわかるんです？　私は、殺してないんだ」

「じゃあ、なぜ、芸者の由美が、あんたの部屋で、殺されていたんだね？」

「そんなこと、わかりませんよ。誰かが、あの部屋の合鍵を作って、それで、芸者を呼び入れ、何かあって、殺したんでしょう。私は、ただ、あの部屋を、利用されただけですよ。いわば、被害者だ」

「勝手なことをいうな！」

と、三浦警部が、怒鳴った。

4

十八日になって、逮捕状が出て、沢木は、改めて、逮捕された。

この日の午後、安部弁護士が、会いに来てくれた。

「先生。今日、逮捕されてしまいましたよ」

と、沢木は、いった。

「聞いています。新潟県警は、あなたが犯人と、決めつけていますからね」

安部は、冷静な口調でいう。沢木は、突き放されたような気分になって、

「何とかして下さいよ。私は、殺してないんだ」

「あなたが殺してないのなら、大丈夫ですよ」

「それが、ここの刑事の顔を見てると、大丈夫じゃないんですよ。どの刑事も、私が、犯人と、決めつけている。その眼を見ていると、恐しくなってくるんですよ」

と、沢木は、いった。自分が、精神的に、参っているのが、よくわかるのだ。

安部は、穏やかに、

「わかりますよ。それが、警察の恐しいところなんですよ。自分の弁明を、誰も聞いてくれないことからくる絶望感や、肉体的な疲労から、つい、刑事に、おもねるようなことを、

いってしまう人もいるんです」

「私は、絶対に、負けませんよ。殺してないんだから。だから、先生に、お願いする。何とか、私が、無実だという証拠を見つけて下さいよ」

と、沢木は、いった。

「何とかやってみますよ」

「何とかというのは、頼りないな。ぜひ、見つけて下さい」

「ただ、東京で起きた事件じゃないので、調査も、ままならないということがあります。全力は、尽くしますが」

安部は、急に、頼りない喋《しゃべ》り方になった。

「十津川警部には、話してくれたんでしょうね？」

と、沢木は、いった。

「あの電話のあと、すぐ、連絡しましたよ」

「それで、彼の反応は？」

「電話でも、いいましたが、彼は、警察の人間ですよ」

「そんなことは、わかっていますよ」

「県警の方針に、十津川警部が、表立って、反対は、出来ないでしょう。いくら、沢木さんが、友人でも、そういうことで、動くような人じゃありませんよ」

と、安部は、いった。

「友人として、助けてくれなくてもいいさ。私は、誤認逮捕されてるんだ。それを、ただしてくれと、十津川に、いって下さいよ」

と、沢木は、頼んだ。

「十津川さんも、動くとすれば、そのためでしょうね。電話はしておきますよ」

「保釈は、利かないんですか？　二、三億の金なら、うちの会社を担保に、銀行が貸してくれると思うんだが」

「殺人事件で、保釈は、利きませんよ」

と、安部は、ピシャリと、いった。

「とにかく、誰かが、あの部屋の合鍵を作って、あの部屋を、勝手に、使っていたんだと思う。そいつが、芸者の由美を殺したんです。だから、何とか、そいつを、見つけて欲しい。お願いします」

と、沢木は、いった。

「そうですね。何日か、この湯沢について、調べてみますよ」

と、安部は、いった。

「じゃあ、私のあのマンションを、使って下さい」

「そうしたいんですが、警察が、現場保存ということで、ロープを張って、誰も、中に入れませんよ」

「畜生！」

と、沢木は、思わず、声をあげてしまった。

どこまでも、腹立たしくなってくるのを、沢木は、無理矢理、おさえて、

「会社は、どうなっていますか？」

と、安部に、きいた。

「社員は、あなたが、捕まったことを、知っていますよ」

と、安部は、いった。

「そうでしょうね。イニシャルで報道されていても、うちの社員が見れば、私と、わかるでしょうからね」

と、沢木は、いった。

「動揺している社員もいますが、一応、仕事は、続けています」

「そりゃあ、良かった」

「しかし、あなたが、起訴されて、裁判にでもなると、もっと、動揺する社員が、出てくる可能性もありますね」

と、安部は、いった。

「それなら、一層、早く、真犯人を見つけて下さいよ」

と、沢木は、安部に、いった。

安部が、帰ってしまうと、沢木は、また、孤独地獄に、落ちていった。

誰も、彼を、励ましてはくれないのだ。刑事たちは、一刻も早く、自供して、楽になったらどうだと、繰り返すだけである。

三浦たちは、別に、拷問はしなかった。

ただ、自分の弁明を聞いてくれる人間が、一人もいないことの孤独感に、果して、いつまで、耐えられるだろうかと、考えてしまう。

留置場には、沢木ひとりしかいなかった。それだけに、余計に、孤独になってくるのだ。深夜に、暗い中にいると、眠れなくなって、何か叫びたくなってくる。しかし、叫んだところで、聞いてくれるのは、彼を犯人だと確信している刑事たちだけなのだ。

翌日、弁護士の安部は、来てくれるのかと期待したのだが、とうとう、顔を、見せなかった。

次の日もである。

(きっと、真犯人を、一所懸命に、探してくれているんだろう)

と、沢木は、自分に、いい聞かせた。そうでも、思っていないと、耐えられなくなってくるからだった。

十一月二十二日の朝、沢木は、留置場から引き出された。

取調室で、三浦警部は、沢木と向い合うと、

「どうだね？　自供する気になったかね？」

と、きいた。もう、何回、いや、何十回と、繰り返された質問だった。

「私は、殺していませんよ」

と、沢木の方も、同じ返事を、繰り返した。

三浦は、小さく肩をすくめてから、

「昨夜、一つ事件があったよ。東京の弁護士が、レンタカーを借りて、走っていて、崖《がけ》から落ちて、死亡したんだ」

と、いった。

何気ないいい方だったが、沢木は、一瞬、血の気がひくのを覚えた。

「まさか、安部弁護士じゃないんでしょうね？」

「残念だが、その安部弁護士だよ」

と、三浦は、いった。

「彼も、殺されたんですか？」

と、沢木は、きいた。

「なぜ、殺されたと、思うのかね？」

「私の頼みで、芸者由美を殺した真犯人を、探してくれていたからですよ」

「ところが、安部弁護士は、事故死だよ。レンタカーを運転していて、崖から転落したんだ」

と、三浦は、いった。

「彼は、なぜ、夜、そんな危ない所を、車を走らせていたんですか?」

「それは、あんたが、真犯人を探してくれと、無理なことを、頼んだからじゃないのかね? 彼は、いもしない真犯人を探して、レンタカーをとばしていて、転落死したんだよ。君が、殺したようなものだ」

「――」

沢木は、無言で、唇を嚙んだ。

第二章 休暇

1

十津川は、三日間の休暇願を出した。

「しばらく、休暇をとっていませんでしたし、今は、事件も起きていませんので」

と、十津川は、三上刑事部長に、いった。

「しかし、新潟県警から、協力要請が、来ているんじゃないのかね？」

と、三上は、いった。

「あれは、亀井刑事ひとりで、十分です」

「それで、三日間、休みをとって、何をするつもりかね？」

「私も、年齢《とし》ですので、温泉へでも行って、身体をリフレッシュしたいと、思っています」

と、十津川は、いった。

「温泉へねえ」

「四十歳を過ぎて、温泉が好きになりました」

と、十津川は、笑った。

「まあ、たまには、休養もいいだろう。しかし、いつでも、連絡は、とれるようにしておいてくれよ」

「わかっています」

と、十津川は、いい、自分の部屋に戻った。

亀井が、寄って来て、

「やはり、行かれますか?」

「ああ。ゆっくり、温泉に、つかってくるよ」

「ご心配ですね」

「別に、心配はしていないよ。あいつが、無実なら、必ず、保釈されると、思っているからね」

と、十津川は、いった。

「私は、東京で、何か、お手伝いできることがありますか?」

と、亀井が、きく。

「沢木のやっている会社のことを、詳しく調べて欲しい」

「わかりました。何を重点に調べますか？」

「経営状況、社員の社長に対する態度、それに、外との関係といったところだね」

と、十津川は、いった。

「何かわかれば、報告します」

と、亀井は、いった。

十津川は、安心して、東京駅に向い、一四時〇八分発の上越新幹線に、乗った。

事件の捜査に向う車中でも、亀井と一緒の時は、お喋《しゃべ》りをしながらになるのだが、今日は、ひとりなので、じっと、窓の外の景色を見ているより仕方がない。

十津川は、弁護士から、沢木の伝言を聞いていた。

だが、越後湯沢に着くまで、沢木のことは、なるべく、考えまいと思った。彼は、大学の同窓である。どうしても、情に流されてしまう。彼が、犯人の筈《はず》がないと思ってしまう。

その先入主が、事件を見る眼を、曇らせてしまうことが、怖かったからである。

越後湯沢には、一五時三三分に着いた。

東京に比べると、さすがに、空気が冷たい感じがする。

とりあえず、予約しておいた旅館に入り、電話で、亀井に到着を告げてから、タクシーを呼んで貰《もら》った。

タクシーに乗り込むと、運転手に、

「適当に、走ってくれないか。この町の景色を、楽しみたいんだ」

と、いった。

「観光にいらっしゃったんですか？」

「ああ」

と、十津川は、肯《うなず》いた。まず、この越後湯沢の雰囲気を、味わってみたかったのだ。

「どこに行ったらいいのかなあ」

と、運転手は、当惑した顔をしていたが、

「とりあえず、川端康成が泊った旅館へ行ってみますか」

と、ひとりごとみたいにいって、車を、スタートさせた。

「ずいぶん、静かな町だねえ」

十津川は、窓の外を見ながら、いった。

「雪が降り出したら、スキー客で、一杯になりますよ」

「そうかねえ」

「この辺りの通りなんか、スキーを担《かつ》いだ若い人たちで、ごった返しますからね」

と、運転手は、いう。

今、眼の前の通りは、閑散としていて、並んでいる土産物店にも、客の姿はない。この通りが、ごった返す状態は、十津川には、ちょっと、想像できなかった。

タクシーは、高台にあるホテルの前で、とまった。

「ここが、川端康成さんが泊って、『雪国』をお書きになった高半《たかはん》ホテルです」

と、運転手が、いった。

川端康成が泊った頃は、木造旅館だったのだろうが、今は、鉄筋の普通のホテルになってしまっていた。

駒子が、歩いて来たと思われる坂道もあったが、その坂も、今は、コンクリートで、舗装されている。

さらに、線路沿いに、登っていくと、巨大な駅舎が、現われた。

越後湯沢駅から、分岐したレールが、この駅舎まで伸びている。

タクシーから降りて、近寄ってみると、十二月十二日オープンと書かれ、内部では、まだ、工事が、行われていた。

十津川は、中に入ってみた。

エレベーターで、上がってみると、三階には、真新しいスキーや、スキー靴が、何百と、ずらりと並んでいた。

レンタルスキーの看板があり、カウンターも、出来ていたが、人の姿はない。

（不用心だな）

と、十津川は、思いながら、なおも、奥へ進むと、ゴンドラが、何基も並ぶプラットホームに出た。

スキー・シーズンになると、この駅に直通の列車が走り、この中で、スキーや、スキー靴を借り、このゴンドラに乗って、スキー場へ行くことになるのだろう。

タクシーに戻って、運転手に、

「ずいぶん、大がかりなものだね」

と、いうと、

「あれは、あんまり、評判は、よくありません」

という返事が、返ってきた。

「どうして？　便利でいいじゃないか。列車から降りて、そのまま、スキーを借りて、スキー場へ行けるんだから」

「だからですよ。東京から、八十分で来られる。日帰りで、スキーを楽しむ人も出てきます。それを狙って、JRが作ったんですよ。何もかも、あの駅の中で、揃ってしまう。東京から列車で、あの駅に着いて、スキーを借りて滑って、その日のうちに、帰ってしまう。食事だって、あの中で出来ますからね。町には、全く、利益がないんですよ。そんな客は、タクシーにだって、乗らないしね」

「なるほどねえ」

と、十津川は、苦笑した。

「次は、何処《どこ》へ行きましょう？」

と、運転手が、きいた。

「この辺りは、マンションが、沢山あるねえ」

「お客さんも、買うんですか？」

「いいのがあれば、買いたいと、思ってるよ」

「じゃあ、行きますか」

「ヴィラ湯沢がいいといわれたんだ。そのマンションを、見てみたいね」

と、十津川は、いった。

タクシーは、湯沢の町を離れ、舗装された道路を、郊外に向って、走った。

周辺の山腹に、マンションが、立ち並んでいる。

その中のヴィラ湯沢の前で、タクシーが、止った。

ピンク色のきれいな建物だった。今は、こんなマンションが、流行なのかと、思いながら、十津川は、エレベーターに乗った。

７０１号室の前に行くと、ドアのところに、制服姿の警官が、立っていた。

名刺を出して、警視庁の刑事だといえば、中を見せてくれるだろうが、十津川は、ドアの鍵の部分だけを見て、エレベーターに引き返した。

最近は、カードキーが、はやりだが、ここの場合は、普通のキーである。これなら、何とか、スペアキーを、作れるだろう。

タクシーに戻ると、運転手が、

「買いたいのが、ありましたか？」

「いいのがあったが、値段が、問題だな」

「あのマンションは、よした方がいいですよ。死人が出ましたからね」

と、運転手が、忠告した。

「あそこかね。殺人事件があったというのは」

十津川は、初めて聞いたように、いった。

「そうですよ。困ったもんです。余所者《よそもの》が多くなると、いろいろと、嫌な事件が起きます」

と、運転手は、なげかわしげに、いった。

十津川は、旅館に戻ると、フロントに、

「夕食のとき、芸者を呼んで貰いたいんだが」

と、いった。

「どなたか、おなじみの娘《こ》がいますか？」

「とみ子という人がいいな」

と、十津川は、いった。

夕食は七時にして貰い、温泉に入って、ゆかたに着がえた。

夕食が、部屋に運ばれてきて、すぐ、浅葱《あさぎ》色の着物姿の、ちょっと小柄な芸者が、顔を出した。

膳を並べ終ったお手伝いは、

「あとは、お姐《ねえ》さんにお委《まか》せしますよ」

と、いって、部屋を出て行った。

「今晩は」

と、とみ子が、いった。

「さあ、一杯どう?」

と、十津川は、すすめた。

仲間の一人が殺されて、落ち込んでいるのではないかと思ったのだが、そこは、プロ意識というのだろう。ニッコリ笑って、

「呼んで下さって、ありがとう」

と、いい、

「お客さんから、お先に」

と、地酒の入ったガラスびんを、取りあげた。辛口の美味《うま》い酒だった。

十津川が、返杯すると、とみ子は、きれいに飲んで、

「このお酒は、冷やが、おいしいの」

「確かに、美味いね」

と、十津川は、相槌《あいづち》を打ってから、

「実は、君に、亡くなった芸者さんのことをききたくてね」

と、いった。とみ子は、眉をひそめて、

「お客さんは、刑事さん？」

「逮捕された沢木の友だちなんだ。大学のクラスメイトでね」

と、十津川は、いった。

「そういえば、同じくらいの年齢《とし》に見えるわ」

とみ子は、じっと、十津川を見て、肯いている。十津川は、苦笑して、

「四十歳だよ」

「そう。若く見えるわ」

「まあ、飲んでよ」

と、十津川は、酒をすすめてから、

「殺された由美さんというのは、美人だったそうだね？」

「そりゃあ、準ミス駒子だもの」

「君も、きれいだよ」

「とってつけたようなお世辞」

と、とみ子は、クスクス笑った。

「私は、嘘と、お世辞はいわないよ」

「それも、とってつけたようないいわけね」

と、また、とみ子が、笑う。つられて、十津川も、笑ってしまった。

「君なら、正直に話してくれそうだね」

「困ったな」

「何が?」

「あたしは、芸者だから、嘘をつくのは上手《うま》いんだけど、本当のことを話すのは、苦手なの」

「自分の身の上話なんか、何通りでも、作れるわ」

「面白いね」

「へえ」

「お客さんのタイプに応じてね。お金持ちのお客、やさしいお客、威張ってるお客、それぞれに喜ぶ身の上話をしてあげるのよ」

「今度来たとき、聞かせて貰うよ。ところで、亡くなった由美さんの身の上話を、嘘をつかないで話してくれないか」

と、十津川は、いった。

「もう少し、お酒を頂かないと、話せないわ」

「どんどん、飲んでくれ」

と、十津川は、とみ子の前に置かれた杯に、酒を注《つ》いだ。

とみ子は、それを、いっきに飲み干して、

「彼女、可哀そう。あんな若さで、死んじゃって」

「君とは、仲が良かったみたいだね」

「ええ。何となく、気が合ったの」

と、とみ子は、いい、手酌で、酒を注ぎ、口に運んだ。

「ごめん」

「いいのよ。お客さんも酔ってよ。お客さんが、しらふだと、由美ちゃんのこと、話しにくいわ」

「わかった。強くないんだが、飲もう」

と、十津川は、いった。

とみ子は、なお、二杯、三杯と、飲んでから、

「由美ちゃんね。背も高いし、現代風な顔をしてるけど、本当は、古風で、義理がたかったわ」

と、少し酔った声で、いった。
「そんなところが、君は、好きだったのか？」
「ええ。あたしを、お姐《ねえ》さん、お姐さんって、立ててくれたわ。あの夜、あのマンション
に行ったのも、由美ちゃんの義理がたさからだと、思ってるの。そうでなければ、あんな
時間に、ひとりで、行ったりはしないわ」
「腹が立ってるみたいだね？」
「そうよ。何にも知らない無責任な人たちが、お金が欲しくて、行ったんだろうとか、芸
者だから、すぐ寝るんだろうとかいってるから、腹が立って、仕方がないのよ」
とみ子は、キッとした眼になって、十津川に、いった。
「しかし、沢木は、前に一度、君たちを呼んだだけなんだろう？」
と、十津川は、いった。
「ええ。確か、春頃に、一度だけね。わいわい騒いで、酔っ払ってしまったのは、覚えて
るの。あたしも、由美ちゃんも、名刺を頂いたわ」
「その後、由美さんは、沢木と、文通でもしてたのかな？」
「それはないわ。電話もね。あれば、あたしに話してると思うもの」
「それなのに、わざわざ沢木のマンションに行ったというのは、ただ、義理がたいという
だけじゃあ、説明できないんじゃないのかな」

「それが、あたしも、不思議で、仕方がないの。こうして、お座敷に呼ばれたのなら、喜んで行くけど、個人の部屋に行くなんて、由美ちゃんらしくないのよ」

「君も、同じ置屋《おきや》さんだったね？」

「ええ」

「彼女に、電話がかかったとき、君は、傍《そば》にいた？」

と、十津川は、きいた。

「それが、いなかったのよ。電話は、おかあさんがとって、すぐ、由美ちゃんに渡したって、いってたわ」

「男の電話？」

「ええ」

「それで、由美さんは、どうしたの？」

「おかあさんの話だと、由美ちゃんは、ちょっと困ったような顔をして、聞いてたけど、最後に、行きますって、いって、電話を切ったそうよ」

「それから、出かけた？」

「ええ」

「おかあさんに、ヴィラ湯沢に行くといって、出かけたんだろうか？」

十津川がきくと、とみ子は、強く頭を横に振って、

「そんなことを、由美ちゃんがいったんなら、おかあさんは、止《と》めたわ。おかあさんは、厳しい人だから。でも、由美ちゃんは、Nホテルのお座敷だっていったのよ。だから、おかあさんは、安心して、送り出したんだわ」

「それは、嘘だった？」

「ええ。あとで、Nホテルに聞いたら、そんな電話はしてないって、いったわ」

「つまり、由美さんは、嘘をついて、出かけたんだ？」

「そうなの」

「なぜ、彼女は、嘘をついたんだろう？」

「マンションに行くといえば、おかあさんが、反対するに決ってたからだと思うわ」

と、とみ子は、いった。

「しかし、沢木は、一度会っただけのお客なんだろう？」

「ええ、そうよ」

「一度会って、それで、惚《ほ》れる場合もあるよ」

と、十津川が、いうと、とみ子は、笑って、

「それはないわ」

「なぜ？　沢木は、いい奴だよ」

「確かに、いいお客さんだったわ。でも、由美ちゃんのタイプじゃないの」

「タイプじゃないか」

「ええ。あたしは、彼女のことは、何でも知ってる。彼女の好きなタイプは、がっしりした身体のスポーツマンタイプで、年齢は、三十歳まで」

「なるほど。沢木は、四十歳で、インテリタイプだ」

「そうよ。いい人と、好きな人は、違うわ」

「そりゃあそうだ」

「あたしは、五十歳まで許容範囲なの」

と、とみ子は、酔った眼で、十津川を見た。

2

翌朝、眼がさめると、二日酔いで、頭が、痛かった。

あれから、とみ子と、しばらく、殺された由美について話をしていたのだが、とみ子が、急に泣き出した。

泣きながら、とみ子は、ぐいぐい飲んだ。十津川も、それに付き合った。テーブルの上に、大きなガラスの徳利が、五本、六本と、並んでいったのは、覚えているのだが、そのあとが、はっきりしないのだ。

とみ子は、多分、十時頃に、帰ったのだと思う。十津川は、お手伝いが敷いてくれた布団に、もぐり込むようにして、眠ってしまった。

翌日の朝食は、八時にしてくれと、いってあったのに、眼がさめたのは、九時過ぎである。

布団の上に、起きあがって、頭痛に顔をしかめていると、お手伝いが、笑いながら、入ってきて、

「二日酔いでございますか？」

と、声をかけた。

「ああ。あの芸者さんは、強いねえ」

「とみ子さんでしょう。男の方でも、たいてい負けますよ。さっき、朝食をお持ちしたんですけど、ぐっすり眠っていらっしゃるので」

「すいません。食欲もないので、朝食は、もういいですよ」

と、十津川は、いった。

「じゃあ、お茶でも、お持ちしましょう」

と、お手伝いはいい、すぐ、お茶を運んで来てくれた。

十津川は、礼をいってから、

「あなたは、ここは古いの？」

「もう、十五年でしょうか」

と、お手伝いは、いう。

「じゃあ、死んだ由美という芸者さんのことも、よく知っているでしょうね」

「ええ。あの娘《こ》が、中学にいってた頃から、知っていますよ。お母さんも、芸者さんでしたからね」

「どんな女性でした？」

と、十津川は、きいた。

「いい娘《こ》でしたよ。礼儀正しくて、いつも会うと、丁寧に、あいさつしてくれていたんです。あんないい娘《こ》が、殺されるなんて、嫌な世の中ですねえ」

「去年のミス駒子コンテストで、準ミス駒子になっていますね」

「ええ。でもあれは、由美さんが、自分で、なりたくて、なったんじゃないんですよ」

「どういうことですか？」

「ここには、芸者さんの他に、コンパニオンさんもいましてねえ。去年のコンテストの時、コンパニオンさんも、応募するということになって、芸者さんたちが、負けてはいられないというので、若い由美さんを、芸者さんの代表で、応募させたんですよ」

と、お手伝いは、いった。

「それで、ミス駒子には、誰が、なったんですか？」

「大学生の女の人ですよ」

「なるほどね。由美さんは、意外に、古風な性格で、義理がたいと、きいたんですが」

「ええ。そうなんですよ」

「彼女は、どういう人に、義理を感じるんだろう？」

と、十津川は、煙草に火をつけてから、きいてみた。

どうも、この質問は、漠然としていて、難しかったらしく、

「さあ」

と、お手伝いは、考え込んでしまった。

「由美さんのお母さんは、置屋をやっているんでしたね？」

と、十津川は、質問を変えた。

「ええ。おかみさんをやっていますよ」

「お父さんは、何をしているんです？」

「何年か前に、別れていますわ。今、この町の議員で、土建業を、やっていらっしゃいますよ」

「ほう」

「若宮さんって方ですけどね。芸者さんだった由美さんのお母さんと、結婚したんですよ」

「それで、由美さんが生れた――?」

「ええ。でも、別れて、お母さんは、置屋を始めて、若宮さんは、確か、二年前に、再婚なさった筈《はず》ですけど」

と、お手伝いは、教えてくれた。

「町会議員で、土建業なら、この湯沢では有力者だねえ」

「ええ」

と、お手伝いは、肯《うなず》いた。

十津川は、頭痛がおさまってから、昼食を食べに、外へ出た。

あまり食欲もないので、JR越後湯沢駅まで歩いて行き、駅前のそば屋で、ざるそばを、食べた。

そのあと、ぶらぶら、湯沢の町を、散歩することにした。

お手伝いの教えてくれた通りに歩いて行くと、若宮建設の看板に出会った。

三階建の小さなビルだが、この小さな町では、大手の建設業者だろう。

今は、バブルがはじけたといっても、湯沢の周辺に林立するマンションの建設に関係したとすれば、かなり、儲けたに違いない。

十津川は、周囲を見廻し、通りの反対側に、喫茶店があるのを見て、そこへ入って行った。

窓際に腰を下ろし、コーヒーを飲みながら、若宮建設の建物を眺めた。

しばらく見ていると、社員らしい男が二人、通りを渡って、この喫茶店に入って来た。二人は、腰を下ろすと、コーヒーを注文して、お喋《しゃべ》りを始めた。どうやら、この店は、若宮建設の社員たちの溜り場になっているらしい。

何か参考になることが聞けるかと思って、十津川は、聞き耳を立てていたが、二人の会話は、他愛ない世間話だった。

十五、六分もすると、二人の社員は、帰って行ってしまった。

十津川は、カウンターに行き、もう一杯、コーヒーを注文してから、中にいるマスターに、

「私は、東京の興信所の者なんだがねえ」

と、声をかけた。

マスターは、十津川を、見た。その顔に向って、

「通りの向うの若宮建設ね。最近の業績は、どうなんだろう？　バブルがはじけて、負債が大きくなって、危ないという噂を聞いたんだが」

と、十津川は、きいた。

「まあ、前ほど派手に儲かっちゃいないでしょうけどねえ」

と、マスターは、いう。

「潰れるほどじゃない？」

「何しろ、あそこの社長が、やり手だし、いろいろと、コネを持っていますからねえ。上手く立ち廻って、被害を食い止めたって話ですよ」

と、マスターは、いった。

「この町の議員なんだってねえ」

「今は、議長ですよ」

「そりゃあ、大したものだ」

「社長さんは、中央政界にも、コネがあるというのが、自慢でしてね」

「本当に、あるんだろうか？」

「さあね。でも、あの社長なら、ありそうですよ」

と、マスターは、いった。

「じゃあ、簡単には、潰れそうもないね」

「あ、社長さんが、出かけますよ」

と、マスターが、いった。

丁度《ちょうど》五十歳くらいの男が、社員に見送られて、出て来たところだった。色が浅黒く、精悍《せいかん》な顔をしている。

黒のベンツが、横付けになって、男は、それに乗り込んだ。

車は、彼をのせると、すぐ、走り出した。

「ベンツだねえ」

と、十津川は、感心したように、いった。

「新車ですよ」

と、マスターが、いった。

「ああ、新車だったねえ」

と、十津川が、相槌を打っていると、社長を、送りに出ていた社員五、六人が、そのまま、こちらの店に入って来た。

男の社員ばかりで、奥のテーブルに腰を下ろすと、コーヒーや、紅茶、それに、サンドイッチなどを注文した。

その中の一人が、小さく伸びをしてから、

「社長は、いつ戻ってくるんだったかねえ？」

と、いった。

「今日は、東京のホテルに泊って、明日、帰って来る」

と、他の社員の一人が、答えている。

「何しに行ったんだ？」

「副社長は、プライベートな用件だと、いってるよ」

「社長が、何の用で東京へ行ったか知らないが、われわれの暮のボーナスは、出るのかねえ」

と、もう一人の社員が、切実そうな声を出した。

あとは、がやがやと、喋り出した。

十津川は、コーヒー代を払って、外へ出た。

(若宮社長は、東京に行ったのか)

と、思ったが、それが、果して、マンションで、芸者の由美が殺されたことと関係があるのかどうか、わからない。

十津川は、ぶらぶらと、商店街を、歩いて行った。

土産物店のウインドウを、のぞいたりしていると、

「お客さん」

と、ふいに、呼ばれた。

振り向くと、ジーンズに、セーター姿の若い女が、こちらを見ていた。

十津川が、「え?」という顔をしていると、相手は、

「あたしよ。とみ子」

と、笑った。

「ああ、君か」

と、十津川も、微笑した。服装が、がらりと変ってしまっていると、昨夜会った芸者とは、わからなかったのだ。

「昨日《きのう》は、呼んで下さってありがとう。お礼に、お茶をおごらせて」

と、とみ子は、いった。

「コーヒーを飲み過ぎてね。ミルクを飲みたいな」

「じゃあ、おいしいミルクを飲ませるお店へ、連れてってあげる」

と、とみ子はいい、路地の奥にある山小屋風の喫茶店に案内した。この店では、近くの牧場と契約していて、毎日、新鮮な牛乳を、運ばせているのだという。

確かに、市販の牛乳に比べて、濃く、美味《うま》かった。

「二日酔いのあとなんかに飲むと、すっきりするのよ」

と、とみ子は、いった。

「さっき、若宮建設の前を通って来たんだがね。あの会社の社長は、由美さんのお父さんなんだってね」

と、十津川は、いった。

「ええ。そうなの」

「由美さんは、別れたお父さんのことを、どう思っていたんだろう？」

と、十津川が、きくと、とみ子は、彼のくわえた煙草に火をつけてくれてから、

「どうって？」

と、きき返した。

「憎んでいたとか、別れても、お父さんが好きだったとか――」

「そうねえ。由美ちゃんが、あのお父さんの悪口をいうのを、聞いたことはないわ。やっぱり、お父さんは、お父さんと思っていたんだと、思うの。それに、誕生日や、クリスマスには、お父さんから、贈物が、来ていたしね」

と、とみ子は、いう。

「由美さんは、外見とは違って、古風で、義理がたい人だと、いっていたね」

「ええ、その通りよ」

と、とみ子は、いい、自分も、煙草を取り出して火をつけた。

「それなら、別れたといっても、お父さんに対しては、娘として、付き合っていたのかも知れないね？」

「そうね。そうだと思うわ」

「君は、若宮さんのお座敷に呼ばれたことはある？」

「あるわよ。もちろん」

「若宮社長というのは、どういう人？」

と、十津川は、きいた。

「スマートとはいえないけど、金払いはいいし、あまり無理なことはいわないし、いいお客さんだわね」

「君たち芸者を呼ぶのは、接待の時？」

「ほとんど、そうね」

「どんなお客を、接待していたか、覚えているかね？」

「そうねえ。そういう時は、建設会社の社長さんとしての接待だから、県のその方面の偉い人とか、マンションなんかの注文主の人とか、ああ、もっと偉い人が、来てたこともあったわ」

「もっと偉い人？　そうか、県の役人より偉いというと、国の役人か？」

「それに、新潟県から出ている政治家さん」

と、とみ子は、いってから、

「お客さんのお友だちは、どんな具合なの？」

「今のところ、釈放される見込みはないね」

と、十津川は、いった。

「そうなの。残念ね。あたしは、沢木って人が、由美ちゃんを殺したのか、違うのか、わからないんだけど」

「まあ、真実は、明らかになる筈だと、信じているんだがね」

と、十津川は、自分にいい聞かせる調子でいった。

「がんばってね」

と、とみ子は、いってくれた。

3

十津川は、とみ子と別れたあと、旅館に戻り、旅館の自転車を借りて、もう一度、ヴィラ湯沢に、行ってみた。

今度は、七階には、あがらず、一階の管理人室をのぞいた。午後五時以降は、管理人は、いなくなると、書いてある。

今は、管理会社のユニホームを着た中年の管理人が、いた。

十津川は、その管理人に、

「このマンションの工事をした建設会社を、教えて貰えないかね。まだ、空部屋があるというので、買おうかと思うんだが、信頼のおける会社が工事をやってないと、不安でね」

「それなら、大丈夫ですよ。大手のサン建設だから」

と、管理人は、いった。

サン建設は、東京の大手町に本社がある大手の建設会社である。

「それなら、安心だ」

と、十津川は、笑って、管理人室を、離れた。

自転車で、旅館に引き返すと、部屋に入り、東京の亀井に、電話をかけた。

十津川が、何かいうより先に、亀井が、

「大丈夫ですか？」

と、きいた。

「大丈夫だよ」

と、十津川は、笑ってから、

「一つ、調べて貰いたいことがあるんだ」

「何でも、いって下さい」

「サン建設という、大手の建設会社がある」

「知っています。あの会社が、どうかしましたか？」

「殺人事件のあったヴィラ湯沢だがね。建設工事は、サン建設が、請けおっている」

「なるほど」

「ただね、全部を、サン建設がやったわけじゃなくて、下請けも、使ったと思うんだよ。それも、何社かをね。サン建設に行って、その時の下請会社の一覧表を、手に入れて貰いたいんだ」

「わかりました。手に入れます」

「明日、その結果を、報告して欲しい」

と、十津川は、頼んだ。

電話がすむと、十津川は、ロビーにおりて行き、そこに置かれてある新聞に、眼を通した。

地元の新聞は、事件のことを、相変らず、大きく、取りあげていた。

事件の経過の方は、小さい記事なのだが、大きいのは、準ミス駒子になった由美の記事だった。

どんなに、お客に人気のあった芸者だったか、それなのに、若くして死んでしまったと、書いているのだ。

準ミス駒子になったコンテストの写真まで、添えられている。

古風で、義理がたい性格も、ちゃんと、書いてある。

こんな彼女を、犯人は、残酷に殺してしまったのだ、ともあった。

苦笑して、また、部屋に戻った。

この日は、芸者も呼ばずに、早く床についた。

そのせいで、翌日は、早く起き、お手伝いに予約しておいた朝の七時に、朝食をとることが出来た。

午前十時頃に、東京から、電話が入った。

亀井からというので、もう、頼んだ調査がすんだのかと思いながら、受話器を取ると、

「至急、帰って頂けませんか」

と、亀井が、いった。

「何か、大きな事件が、起きたのか？」

「男が一人、殺されました」

「そういう事件なら、私が戻らなくても、大丈夫だよ」

と、十津川は、いった。

「しかし、警部。昨夜、殺されたのは、越後湯沢の人間なんです。それも、有力者です」

と、亀井が、いう。

十津川は、あわてて、

「ちょっと待ってくれ。それは、若宮という男じゃないのか？」

「そうです。若宮勇です。湯沢の町会議員で、若宮建設の社長です」

「どんな殺され方をしたんだ？」

十津川は、緊張した顔で、きいた。

「彼は、昨日の夕方、車で、来まして、四谷《よつや》のホテルNに泊りました。運転手も、同じホテルNに泊りましたが、別室です。ところが、今朝になって、近くの土手の上で、死んで

いるのが、発見されました。後頭部を殴られたうえ、首を絞められています。あの土手は、ご存知でしょう?」

「ああ、知ってるよ。下を、中央線が走ってるところだろう?」

「そうです。朝、散歩に来たサラリーマンが、発見者です」

「殺されたのは、昨夜の何時頃なんだ?」

「まだ、正確なところは、わかりませんが、昨夜の十時頃ではないかと、思われます」

「呼び出されたのかな?」

「詳しいことは、今、調べているところです」

と、亀井は、いった。

十津川は、受話器を持ったまま、迷った。休暇は、今日一日ある。ここにいれば、何かまだ摑《つか》むことが出来るかも知れない。

だが、若宮を殺した犯人のことも、気になる。それを、ハカリにかけてみてから、

「すぐ帰る」

と、十津川は、いった。

4

十津川は、すぐ、会計をすませ、旅館を出た。

一一時五七分越後湯沢発のとき412号に乗った。東京に着いたのは、一三時二八分である。

車内から電話しておいたので、東京駅に、亀井が、迎えに来てくれていた。

四谷まで、中央線で、行くことにして、通路を歩きながら、亀井が、

「若宮が殺されたことと、湯沢の殺人とは、関係があると、思われますか?」

と、十津川に、きいた。

「あると、思ってるよ。実は、若宮は、湯沢のマンションで殺された由美という芸者の父親なんだ」

「本当ですか?」

「ああ、母親は、何年か前に、別れてしまっていて、由美は、母親と一緒にいたわけだがね」

と、十津川は、いった。

二人は、中央線に、乗った。

四谷で降りると、捜査本部の設けられた四谷警察署に向った。

「あのあと、司法解剖の結果が、出まして、死亡推定時刻は、昨日の午後九時から十時の間となりました」

亀井が、歩きながら、十津川に、いった。

四谷警察署に着いたあとも、亀井が、今までにわかったことの報告を、続けた。

「ホテルNの話だと、若宮勇は、昨日の午後六時二十分に、チェック・インしています。そして、八時頃、外から、若宮に、男の声で電話が、入ったそうです。そのあと、外出したんだと思います。ただ、ホテルNは、外出するとき、キーをフロントに預けないシステムなので、フロントも、何時に、外へ出たか、わからないそうです」

「その電話に、呼び出されたのかな？」

「そうだと思います」

「あの土手の辺りは、夜は、暗いねえ」

「そうです。目撃者を探していますが、なかなか、見つかりません」

「運転手は、気がつかなかったのかね？」

と、十津川は、きいた。

「彼は、三十二歳の若宮建設の社員なんですが、泊った部屋は、階も違っていましたし、社長の若宮には、明日まで、車は、使わないからといわれたので、安心して、自分の部屋で寝ていたそうです」

「若宮は、何しに東京に来ていたんだろう？」

と、十津川は、きいた。

「それが、はっきりしません。運転手は、東京で、誰かに会うことになっていたと、いうのですが、それが誰かということは、社長に聞いていなかったと、いっています」

と、亀井は、いった。

「湯沢の若宮建設には、問い合わせてみたのかね？」

「電話してみましたが、副社長も、知らなかったと、いっています。どうも、あの会社は、若宮のワンマン会社で、大事なことは、彼が、ひとりで、決めていたようです」

と、亀井は、いう。

「それで、サン建設には、当ってくれたかね？」

十津川が、きくと、亀井は、頭をかいて、

「行くつもりにしていたんですが、この事件が起きてしまったので、つい、忘れてしまいました。西本刑事を、すぐ、行かせましょう」

「そうしてくれ」

と、十津川は、いった。

亀井は、西本に、すぐ、大手町のサン建設本社に行くように、指示してから、十津川に、

「若宮の運転手には、しばらく、ホテルNに残っているように、いってありますが、お会いになりますか？」

と、きいた。

「会ってみよう。若宮が入った部屋も見たいし、殺された現場も、見てみたいからね」

と、十津川は、いった。

パトカーで、ホテルNに出かけ、ロビーで運転手に会った。

まだ、社長の突然の死に、動転しているようだった。

「社長が死んだなんて、まだ、信じられません」

と、運転手は、ぼそぼそとした声で、いった。

「われわれとしては、若宮さんが、何の用で、東京に来たのか、誰に会いに来たのかを、知りたいのですよ。それがわかれば、捜査が進展すると思いますからね」

と、十津川は、いった。運転手は、ちらりと、亀井に眼をやって、

「そちらの刑事さんにも、同じことを聞かれたんですが、わからないのですよ。社長は、ただ、東京のホテルNに行くといわれただけですから」

「車には、電話がついていますね？」

「ついています」

「東京に着くまでの間に、若宮さんが、どこかへ電話しませんでしたか？」

「そういえば、東京が近くなってから、電話していましたね。これから、四谷のホテルNに行きます、七時頃になると思うと、いっていました」

「その相手は、わかりませんか？」

「それは、わかりません。何処《どこ》にかけたかわかりませんから」

と、運転手は、いう。

「その時の若宮さんの口調は、丁寧でしたか？」

「ええ。珍しく、丁寧にいっていましたね」

「いつもは、乱暴な口調で話す人なんですか？」

「ええ。乱暴というか、威勢のいい話し方をする人なんです。それが、丁寧に話しているので、相手は、偉い人なんだと思いますね」

と、運転手は、いった。

次に、十津川は、若宮が入ったホテルNの本館の十階の部屋を見た。しかし、何もなかった。所持品はなかったし、一日だけの予定で、部屋をとったということだった。彼が、乗って来たベンツの車内も調べたが、スーツケースといったものは、なかった。

若宮は、手ぶらで、東京に来たし、一日だけで、仕事をすませる気だったらしい。ただ、それが、何を意味するのか、十津川には、わからなかった。

簡単な仕事だったとも、判断できない。もし、そうなら、わざわざ、東京に出て来なくても、電話なり、ファクシミリで、すませたのではないかと、考えられるからだった。

ホテルNを出たあと、十津川は、亀井の案内で、現場に廻った。

道路に車をとめ、土手にあがってみた。土手の上は、恰好《かっこう》の散策の道になっていて、若いカップルが、歩いたり、サラリーマンが、ジョギングしたりする。十津川も、学生時代、散歩したことがある。

反対側を見ると、谷底を、中央線が走り、その向うに、迎賓館《げいひんかん》の建物が、見えたりする。しかし、夜は、ひっそりと、静まり返っているだろう。ホテルNからは、歩いて、十二、三分だから、若宮は、歩いて来たに違いない。

「被害者のポケットには、ホテルNの部屋のキーが入っていました」

と、亀井が、いった。

「若宮は、わざわざ、車を飛ばして、湯沢からやって来たし、夜おそく、こんな場所に、呼び出されて、出て来たところを見ると、よほど、大事な相手だったんだろうね」

と、十津川は、いった。しかし、その相手の顔は、はっきりと、見えてこない。

捜査本部に戻ってから、しばらくして、西本刑事が、帰って来た。

「サン建設で、例の工事の下請けをやった会社の一覧表を貰って来ました」

と、西本は、いい、コピーされたものを、十津川に、渡した。

ヴィラ湯沢の工事には、五つの下請けが、仕事をしていた。

「やっぱり、あったよ」

と、十津川は、その一覧表を、亀井に見せた。

亀井も、眼を通してから、

「ありますね。若宮建設の名前が、出ていますね。それも、かなりの部分を、引き受けていますよ」

と、いった。

「何しろ、若宮は、やり手だったそうだし、湯沢町の町会議員だったからね」

と、十津川は、いった。

それを聞いていた西本が、

「しかし、そのことと、湯沢の芸者殺しと、どんな関係があるんでしょうか？」

と、十津川に、きいた。

「まだ、何もわからないさ。或いは、関係はないかも知れない」

と、十津川は、いったが、すぐ、続けて、

「ただね、あのマンションの部屋の合鍵を作ることは、普通の人より、簡単じゃなかったかなと、思ってね」

「しかし、若宮は、殺された芸者の父親でしょう？」

「だから、慎重に考えたいんだよ」

と、十津川は、いった。

その日の中《うち》に、新潟県警から、沢木が容疑否認のまま、起訴されることになったと、電話で、知らせてきた。

第三章　若い死

1

　十津川は、湯沢の事件と、東京の事件が、関連があると考えた。

　だが、今のところ、そうだという証拠もないし、新潟県警は、反対するだろう。もし、関連があると認めれば、沢木の無実の可能性が、出てくるからである。

　捜査本部長になった三上刑事部長も、その点を、考えたのだろう。十津川を呼んで、

「被害者若宮勇のことを、新潟県警に、照会するんだろう？」

「そうします。彼が、誰に、何の用で上京したのか、ぜひ、知りたいですからね」

　と、十津川は、いった。

「その時、県警の捜査方針を、批判するような言動は、しないで欲しいね。聞いたところでは、県警が逮捕した男は、君の友人だそうじゃないか？」

「大学の友人です」

「それならなおさら、慎重にやって貰《もら》わないと困る。君が、何かいえば、県警は、君が、友人のために、県警の方針を批判していると、受け取るだろうからね」

と、三上は、いった。

「その点は、よくわかっているつもりです。若宮勇については、県警に協力要請をしますが、友人の沢木の件については、当分、照会はしないつもりでいます」

「ぜひ、そうして貰いたいね」

三上は、念を押した。

十津川は、それを守って、若宮の件についてだけ、新潟県警に、協力要請の電話をかけた。

十津川が、知りたいのは、二つである。一つは、若宮勇が、誰に会いに来たかであり、もう一つは、その用件が、何かということである。

十津川は、電話で捜査を依頼したのだが、県警からの回答は、ファクシミリで、届けられた。

〈お訊《たず》ねの二件につき、若宮建設の関係者及び、若宮勇の妻、加代子に会って、問いただしましたが、誰一人として、上京の用件について、知っている者は、おりませんでした。若宮勇は、妻の加代子には、仕事のことで、話したことも、相談したこともなく、また、会社においても、典型的なワンマン社長で、今回の上京について、社員は誰一人、相談に与《あずか》らなかったのが、真相のようであります。

ただ、若宮勇の突然の上京について、社員の間で、さまざまな噂が流れていますので、そのいくつかを、書いておきます。

社長は、一ヶ月前から、予定を立てる人間だったが、今回の上京は、突然で、副社長にも、用件をいわなかった。よほど、突発的で、大事な用件だったに違いない。

相手は、よほど、偉い人物に違いない。なぜなら、相手が市長や、知事でも、社長は、自分から行かずに、呼びつける方だからだ。

有力な都市銀行の責任者に会いに行ったのかも知れない。社長は、用心深い男だが、それでも、やはり、バブル崩壊の影響を受け、若宮建設は、かなりの借金が出来ている。県内の銀行、信用金庫は、ここへきて、融資を渋るので、サン建設のつてを頼り、大手の都市銀行に、融資を頼みに行ったのではないか。

女に会いに行ったという者もいます。若宮社長は、年に何回か、上京しており、その時、銀座か、六本木あたりのホステスと親しくなったということは、十分に考えられるというわけです。無責任な噂では、その女に、男がいて、社長は、その男に殺されたのではないかというわけです。この噂について、社長の妻加代子は、ノーコメントです。

以上の通りです。何かわかりましたら、また、報告させて頂きます〉

2

「これでは、何もわからないのと、同じじゃありませんか」

亀井が、腹立たしげに、舌打ちした。

十津川は、笑って、

「一つだけ、わかったことがあるよ」

「何か、わかりましたかね？」

「若宮勇が、どうしても、内密に、東京で会いたい人間がいたことが、わかったじゃないか」

「そりゃあ、そうですが――」

「それに、犯人も、内密に、若宮勇を、殺したかったんだ」

「問題は、それが、誰かということですよ。その答は、全く見つかっていませんよ」

亀井は、眉をひそめて、いう。

「そんなに簡単に、犯人は、見つからないさ」

と、十津川は、いった。

「しかし、県警が調べても、わからないとすると、これからも、なかなかわからないだろうし、わからないと、捜査は、進展しませんよ」

「そうだな」

「四谷のホテルの被害者に、午後八時頃、男の声で電話がありましたが、この男についても、何もわかりません。わからないことだらけです」

「カメさん」

「何ですか？」

「県警以外に、問い合せる相手がいたのを、思い出したよ」

と、十津川は、いった。

「誰ですか？　被害者の会社や、家族には、県警が、当ってくれていますよ。他に、誰かいますか？」

「若宮勇は、いわば、湯沢のボスだ。別に、悪い意味ではなくね。地方のボスらしく、よく、客を、接待していたと思う。湯沢は、日本有数の温泉地だし、芸者もいる。接待には、事欠くまい」

「それは、わかりますが」

「つまり、若宮建設の社員よりも、いや、社長の家族よりも、ビジネスのことを、よく知っている人間が、いるかも知れないということだよ」

「宴席で、被害者が、よく会っていた人間とか、その話の内容を、よく知っている人間ということですか？」

「そういうことだ」

「つまり、被害者が、親しくしていた芸者ですか？」

「その一人を知っているんだよ」

と、十津川は、いい、手帳を取り出して、とみ子のいる置屋《おきや》の電話番号にかけてみた。

電話に出たのは、そこのおかみさんだった。

「とみ子なら、昨日から、旅行に出かけておりますけど」

と、おかみさんが、いう。

「旅行って、何処《どこ》へ行ってるんですか？」

「失礼ですけど、どなたさんですか？」

「いや、先日、湯沢へ行って、彼女を呼びましてね。大変楽しかったので、また、会いたいと思ったんですよ」

と、十津川が、いうと、おかみさんは、

「そうですか。急に、旅行に行きたいといいましてね。一週間の予定で、グアムに、出かけましたわ」

「ひとりでですか？」

「ええ。ひとりで行くと、いっていましたわ」

「申しわけないが、とみ子さんが、帰ったら、すぐ、私に連絡してくれるように、いってくれませんか」

「伝えますけど、そちらのお名前は？」

と、きかれて、十津川は、前に、とみ子と会った時、刑事とはいわず、沢木の友人と自己紹介したことを、思い出した。

「十津川です」

と、名前をいい、十津川は、自宅の番号を、教えておくことにした。

一週間ということだったが、二日目の夜に、彼女から、電話が、かかった。

グアムへ行ったが、面白くないので、帰って来て、今、東京のホテルにいるという。

「明日、湯沢に帰ろうと思って、おかあさんに連絡したら、十津川さんから電話があったと、聞いたものだから」

と、とみ子は、いった。

「君に、ぜひ、聞きたいことがあってね」

と、十津川は、いった。

「じゃあ、明日、湯沢に帰る前に、お会いするわ」

「あわただしくて、悪いね」

「いいのよ。どうせ、明日は、湯沢へ帰っても、仕事はしないんだから」

と、とみ子は、いった。

翌日、十津川は、とみ子と、上野駅近くのホテルのロビーで、会った。

ロビーの隅の喫茶ルームで、窓ガラス越しに、上野駅が、見える。

「グアムは、面白くなかったの？」

と、十津川は、きいてみると、

「お客さんに誘われて行ったんだけど、向うで落ち合う筈《はず》のその人が、やって来ないし、連絡もして来ないの。バカにされたみたいで、帰って来ちゃったのよ」

とみ子は、眉をひそめて見せた。

「おかあさんには、君が、ひとりで、グアムに行ったといっていたがね」

「おかみさんは、内緒にしてたの」

「おかみさんが、心配するような人に、誘われたのかね？」

十津川が、微笑しながらきくと、とみ子は、小さく、肩をすくめて、

「まあ、そんなところね」

「私の知ってる人かな？」

「十津川さんは、いくつだっけ？」

「四十歳だが――」

「それじゃあ、知らないかもね。中谷博という若いタレントがいるの。テレビなんかで、

目下、売り出し中」

「その青年に誘われたということ？」

「ええ。誘っといて、来ないんだから、頭に来るわ」

と、とみ子は、腹立たしげに、いった。

「ひどい男だな」

「そうなのよ。でも、旅費や、向うのホテル代は、彼が、前もって、払ってくれてるから、損はしなかったんだけど」

と、とみ子は、いってから、

「ところで、用って、何なの？」

「若宮勇さんが、東京で殺されたことは、知っているだろう？」

「ええ。聞いた時は、本当に、びっくりしたわ。確か、十津川さんと、湯沢で、若宮社長の話をした直後だったから」

と、とみ子は、いった。

「若宮さんは、誰かに会いに来て、殺されたといわれているんだ。君は、湯沢で、若宮さんの宴席に呼ばれたことがあるんだろう？」

「ええ。何回かね」

「その時、若宮さんが、接待していたお客で、東京から来た人というのを、覚えていないかな？」

十津川が、きくと、とみ子は、すぐには返事をせずに、じっと、彼の顔を見ていた。

「やっぱりね」

と、とみ子が、ひとりで、肯《うなず》く。

「何だい？」

「十津川さん。刑事さんでしょう？」

とみ子に、ずばりといわれて、十津川は、苦笑しながら、

「わかるかね？」

「そりゃあ、お客の商売がわからないんじゃあ、芸者は、失格だわ」

「湯沢で逮捕された沢木の友人だというのは、嘘じゃないんだ。だから、あの時は、観光客として、休みをとって、湯沢に行って、君にも、いろいろと話を聞いたんだ」

「でも、今日は、刑事として、あたしに会ってるんでしょう？」

「東京で、若宮社長が殺された事件を、担当しているのでね」

「あの社長のことなら、奥さんや、社員の人に聞いたらいいんじゃないかしら」

「ところが、奥さんも、社員も、若宮社長が、誰に会いに、何のために、上京したか、全く知らないんだ」

「あたしだって、知らないわ。あの社長さんが、東京に来たことだって、知らなかったん

だから」

「しかし、湯沢でも聞いたけど、君は、お座敷で、若宮社長がいろいろな人に会っていたのを、知っているんだろう？」

「ええ」

「確か、若宮社長が、偉い人に会っているのを見たと、いっていたね。例えば、国会議員の先生に」

と、十津川は、いった。

「ええ。たまたま、若宮社長さんの席に呼ばれて行ったら、その先生が、いたの」

「名前は、覚えてる？」

「普通、失礼だから、名前は聞かないんだけど、その先生は、最初から知ってたわ。地元選出の国会議員さんだし、あたしも、投票したことがあったから」

とみ子は、ニッと、笑った。

「新潟選出の国会議員というと、誰だったかな？」

「栗山先生」

「ああ、前に、通産大臣をやっておられた人だ」

「今でも、偉い人みたいよ。社長さんが、そういっていたから」

「ああ、党の重鎮だからね。確か、息子さんも、政界に入った筈だ」

と、十津川は、いった。

政界でも、最近は、二世ブームである。栗山政一郎の長男が、三十二歳で、初当選したとき、新聞が大きく取りあげたのを、十津川は、覚えている。

「若宮社長と、栗山さんとは、何度も、会っていたんだろうか？」

と、十津川は、きいた。

「あたしが、知ってるのは、四回だけ」

「その時、どんな話をしていたか、覚えていないかね？」

「それは覚えてないけど、若宮社長は、ニコニコして、栗山先生に、お礼をいってたわ」

「お礼をね。何のお礼だろう？」

「そこまでは、知らないわ」

「時期は、いつのことかね？」

「あたしが覚えているのは、湯沢のマンションラッシュが始まった頃だわ」

と、とみ子は、いった。

「なるほどね」

と、十津川は、肯いた。

栗山政一郎は、マンション建設について、若宮に、何らかの便宜《べんぎ》を図ってやったのだろうか。

「他に、偉い人の名前を、覚えてないかね？」

「どんな人のこと？」

「そうだな。有名な銀行の関係者とか、サン建設の人間とかだが」

「サン建設って、若宮社長が、一緒に、マンションを建てた会社でしょう？」

「まあ、そうだ」

「その人たちなら、よく、若宮社長が、接待してたわ。名前は忘れたけど、その会社の部長さんに、あいさつしたことがある」

と、とみ子は、いった。

「銀行はどうだろう？　都市銀行のMとか、Kといったところの偉い人と、若宮さんは、会ってなかったかね？」

「偉い人かどうかわからないけど、M銀行の人とは、会ったことはあるわ。その人が、お世辞《せじ》だと思うけど、あたしに、ぜひ、M銀行を、ご利用下さいって、いったのは、覚えてるの。あたしは、今のところ、地元の信用金庫を、利用してるから、駄目だけどね」

と、とみ子は、いった。

「その人だが、いくつぐらいの年齢だった？」

「四十五、六歳だったかな。そうだ。M銀行の新潟支店といってたわ。だから、支店長さんか何かだったと思うわ」

と、とみ子は、いった。

それなら、若宮が、東京で、会うとは、考えられない。それとも、何か理由があって、東京で会うことになっていたのだろうか。

とみ子の話を聞きながら、十津川は、若宮勇が、東京で会う約束をしていた人間を、考えていた。

新潟選出の参議院議員栗山。

サン建設の関係者。

M銀行の人間。

この三者なら、若宮は、自分の方から、出かけて行くだろうし、相手が、内密に会いたいといえば、それを守るだろう。

3

十津川は、礼をいい、とみ子を、上越新幹線のホームまで、見送った。

「また、湯沢に、遊びに来て」

と、とみ子は、別れしなに、いった。

これからも、事件解決のために、湯沢に行くことになるかも知れないが、それは、遊びとは、ほど遠い。

とみ子だって、今のところ、協力的だが、また会って、質問ぜめにしたら、嫌な顔をするだろうと、十津川は、思う。だからこそ、別れしなに、とみ子は、「遊びに」と、いったのだろう。

十津川は、とにかく、頭に描いた三人の人間、というか、三種類の人間について、調べることにした。

「栗山議員については、父親の政一郎の方も、長男の貢《みつぐ》の方も、調べて欲しい」

と、十津川は、部下の刑事たちに、いった。

「若宮勇が殺された十一月二十四日夜のアリバイを、調べればいいわけですね」

若い西本刑事が、念を押すように、きく。

「栗山父子が、直接、手を下したとは思えないが、一応、アリバイを、調べておいてくれ。それから、若宮勇と、どの程度、親しかったかもだ」

と、十津川は、いってから、

「次は、サン建設だが、社長の奥寺祐介と、若宮建設との交渉に当っていた部長クラスの人間について、調べて貰いたい」

「M銀行については、どうしますか？　若宮が、融資を受けていたとしても、それは、新潟支店からだと思いますが？」

と、亀井が、きいた。

「そうなんだがね。最近になって、新潟支店長が、本店に、異動しているかも知れない」

「その点を、調べてみます」

「影響するところの大きな人たちばかりだからね。慎重にやって欲しい」

と、十津川は、念を押した。

亀井刑事たちが、それぞれ、聞き込みに出て行ったあと、十津川は、今朝、届けられた沢木の手紙に、眼を通すことにした。

拘置されている沢木が、弁護士の手を通じて、届けてきたものである。

細かい字で、精一杯、自分の無実を訴え、十津川に向って、助けてくれと、いっている。

十津川は、なるべく、感情を入れないように、そこに書かれている事柄だけを、頭に納めることにした。

もともと、大学の同窓といっても、それほど、親しかったわけではない。それに、卒業後、二十年近くが、過ぎている。社会人になってから、何度か会ってはいるが、人生を語り合うということはなかった。従って、社会に出てから、沢木が、どう変ったのか、どう変らなかったのかについて、十津川は、全くといっていいほど、知らないのである。

だから、今度の殺人事件について、うかつに、判断を下すことは出来ないと、自分に、いい聞かせていた。

（それに、こんな手紙を書いて――）

と、十津川は、思った。

内容は、当然、検閲されている。多分、向うの警察や、地検の反感を買うだけだろう。

十津川だって、やりにくくなる。

必死なことはわかるが、馬鹿なことをするとも、十津川は、思った。

亀井たちが、戻って来て、調べた結果を、報告する頃には、沢木の手紙のことは、忘れていた。

「国会議員栗山父子のことですが、十一月二十四日の事件については、アリバイがあるようです。父親の栗山政一郎は、この日の夕方、七時半から、新橋の料亭Sで、財界人と、会食しています。散会したのは、午後十時三十分ということなので、アリバイは、成立です」

と、亀井が、いった。

「息子の栗山貢は、どうだ？」

「彼は、十一月二十三日から、五日間、オーストラリアに、婚前旅行に行っています」

「婚前？　結婚するのか？」

「車田工業の社長令嬢と、婚約中だそうです」

「それで、二十三日から五日間、オーストラリアへ旅行していたことは、間違いないのかね？」

「二人が泊ったホテルに電話して、確認しました」

と、亀井は、いった。

「M銀行関係は、どうだ？」

十津川は、視線を、西本に移した。

「警部のいわれた通り、M銀行本店に、半月前から、前の新潟支店長が、移って来ています。名前は、松本弘。四十五歳で、現在、本店で、渉外部長をやっています」

「それで、彼に、会ったのかね？」

「会いまして、単刀直入に、若宮勇のことを聞いてみました」

「返事は？」

「新潟支店長時代、確かに、若宮建設への融資をしたし、社長とは、何度も、会っているといいました。但《ただ》し、融資額については、教えてくれませんでした」

と、西本は、いった。

「十一月二十四日のアリバイは？」

「この日は、一人娘の誕生日なので、ケーキとプレゼントを買って、七時には帰宅し、家族で祝ったそうです」

「証明は、されたのかね？」

「一人娘の名前は、松本あけみで、昭和××年十一月二十四日生れで、二十四日が、誕生日だったことは、事実です。奥さんと、娘さんも、この夜、松本が、ケーキと、娘さんが欲しいといっていたコートを、買って来てくれたと証言しています。しかし、これは、家族の証言ですから、果して、事実かどうかは、わかりません」

「クエスチョンマークか。サン建設の方は？」

「社長の奥寺祐介は、二十四日は、大阪へ行っていたそうです」

と、日下刑事が、報告した。

「何の用でだね？」

「関西新空港の建設に、サン建設も参入していて、二十四日から二十五日にかけて、向うで、会議があったそうです」

「それに、参加したということか？」

「秘書を連れて、参加しています。この模様は、テレビで、放映されています」

「その会議は、二十四日の何時から、あったんだ？」

「二十四日と、二十五日の午後二時から、午後四時まで、大阪市民ホールで、行われています。参加者のメンバー表を、貰って来ました」

「午後四時に終ったとすると、そのあと、新幹線か、飛行機で、東京に戻って、午後九時から十時の間に、四谷で、若宮を殺せるね」

「時間的には可能です。秘書の話では、会議のあと、夕食をとり、疲れているといって、すぐ、ベッドに入ったといっていますが」

「サン建設で、実際に、若宮勇と、交渉していたのは、誰か、わかったかね？」

「東日本担当の営業第一部、新井功《いさお》という三十二歳の若手の部長です。社内でも、やり手で通っていて、若宮勇とは、何回も、会っています」

「その男のアリバイは？」

「彼にも、会いました。妻とは別居状態で、目下独身ということで、その上、大手建設会社の部長ですから、よく、もてるみたいですね。二十四日も、夕食のあと、銀座のクラブで、飲んだといっていました。十二時近くまでです」

「ウラは、とれたのか？」

「七時過ぎになったら、この店へ行って、調べてきたいと、思っています」

と、日下は、いった。

夜になってから、日下が、西本と一緒に、銀座のクラブに、出かけて行った。

予想どおり、帰って来た日下と、西本は、二十四日の夜、新井は、そのクラブに、午前零時近くまでいたと、十津川に、報告した。

「数寄屋橋《すきやばし》のミラージュという店なんですが、そこのママと、ホステスが、証言しました」

「信用できる証言かね？」

と、十津川が、きくと、日下は、

「新井は、その店の常連客ですから、頼まれて、ママと、ホステスが、嘘の証言をしたということも考えられます」

「嘘をついていると、思ったかね？」

「そうは、思えません。しかし、十二時までいたのが、本当だとしても、途中で、抜け出したのを、黙っていたのかも知れません。銀座から四谷の現場まで、車をとばせば十五分で着きます。殺しておいて、すぐ引き返したということだって、考えられます」

と、日下は、いった。

「なるほどね」

「しかし、今のところ、そうだという証拠はありません」

と、日下は、いった。

十津川は、黒板に、亀井たちが集めてきた情報を、書きつけていった。
○栗山政一郎

十一月二十四日午後七時半から、新橋の料亭Sで、財界人の会合。午後十時三十分まで。
○栗山貢
二十三日から二十七日まで、オーストラリアに、車田工業社長令嬢と、婚前旅行。
○M銀行本店渉外部長・松本弘
二十四日は、一人娘の誕生日なので、七時に帰宅し、家族と過ごす。
○サン建設社長の奥寺祐介
二十四日、二十五日と、関西で、会議に出席。但し、会議は、午後四時までなので、完全なアリバイとはいえぬ。
○サン建設東日本担当営業部長の新井功
二十四日の夜は、銀座のクラブ「ミラージュ」で十二時まで飲む。


この五人は、若宮に声をかければ、彼が、東京に飛んでくる人間だろう。

この五人の中に、犯人がいるのだろうか?

一応、五人とも、アリバイがある。だが、完璧なアリバイとは、いえない。

その典型が、サン建設社長の奥寺祐介である。日下のいうように、午後四時に、会議が終ったあと、新幹線か、飛行機を利用して、大阪から東京に帰って、若宮を殺すことは、出来た筈《はず》なのだ。秘書が一緒だったといっても、彼を黙らせることは、容易だろう。

M銀行の松本弘にしても、彼のアリバイの証人は、家族である。

一番、確かなアリバイを持っているのは、代議士の栗山貢だが、これも、本当に、完璧かどうかは、今のところ、不明なのだ。

東京からシドニーまで、飛行機で九時間十五分である。うまく、飛行機を利用すれば、五日間の旅行中に、抜け出して、四谷で、若宮を殺せるかも知れない。

十津川は、次に、五人の顔写真を、手に入れることにした。それを、念のために、湯沢のとみ子に見せ、若宮社長と一緒に、宴席にいたかどうか、確認したかったのだ。そうすることによって、その席で、どんな会話があったか、とみ子が、思い出してくれるかも知れないという期待が持てる。

政治家の栗山政一郎と、貢父子の写真は、簡単に入手できたが、民間人の方が、難しかった。

何とか、他の三人の顔写真が、手に入ったのは、十一月三十日の夜である。

「明日、一緒に、湯沢へ行かないか」

と、十津川は、亀井に、声をかけた。

「いいですね。警部ご推薦の芸者さんに、お会いしたいですよ」

と、亀井が、楽しそうに、いった。

翌朝、十津川と、亀井は、上野駅で落ち合った。

午前九時一四分発のあさひ305号に乗ってから、十津川は、車内の電話を使って、新潟県警と、とみ子に、連絡しておくことにした。

まず、置屋に、電話をかけた。

おかみさんが出たので、東京の十津川だと名乗り、

「とみ子さんに話があるんですが」

と、いった。

それで、すぐ、とみ子を呼んでくれると思ったのに、おかみさんは、

「それが――」

と、電話の向うで、ためらっている。

「先日、お電話した十津川です。とみ子さんにいってくれれば、わかりますが」

「そのとみ子ですけど、死にましたよ」

「死んだ?」

十津川は、愕然《がくぜん》として、聞き返した。

「ええ。お客の若い男の人と、心中しちゃったんですよ。なんで、そんなことをしたのか、わからなくて――」

と、おかみさんが、いう。

「いつのことですか?」

と、十津川は、きいた。まだ、半信半疑だった。

「昨日の夜おそくなんです。今朝になって、二人が死んでいるのが、見つかったんです
よ」

おかみさんは、抑揚を失った声で、いった。

「心中だというのは、間違いないんですか？」

「ええ」

「相手は、どんな男なんですか？」

「中谷博という若いタレントさんです」

「中谷――？」

その名前に、十津川は、記憶があった。とみ子から、聞いたのだ。

確か、彼女がグアムに誘われた男の名前である。あの男は、約束を破ったといって、怒
っていたが、心中するほど、好きだったのだろうか？

十津川は、新潟県警への電話を忘れて、亀井のところに戻り、とみ子の死を、伝えた。

「心中じゃなくて、殺されたんじゃありませんか？」

と、亀井は、いった。

4

越後湯沢に着いた。今日も、まだ、雪は降っていなかった。

駅前から、県警の三浦警部に電話をかけると、すぐ、迎えに行きますという返事があり、パトカーで、駈けつけてくれた。

「実は、若宮社長のことで、芸者のとみ子さんに話を聞こうと思って来たんですが、彼女、死んだそうですね」

と、十津川が、いうと、三浦は、

「そうなんですよ。若い二枚目のタレントと心中したというんで、朝から、町は、大さわぎですよ、東京からも、テレビが、取材に押しかけて来ましてね」

と、肩をすくめるようにして、いった。

その言葉を裏書きするように、横腹に、テレビ局の名前を書いた大きな放送中継車が、十津川たちの眼の前を、通り過ぎて行った。

「どんな死に方をしていたんですか?」

と、亀井が、三浦に、きいた。

「タレントの中谷博は、車で、ここへ来ていましてね。その車の中で、二人で、排ガス心中をしていたんですよ」

「この近くでですか？」

と、十津川は、きいた。

「ここから、車で、十五、六分ほどの場所です。ガーラ湯沢の駅を、ご存知ですか？」

「ええ。一度、行ったことがあります。しかし、十二月十二日から、使用できるんじゃありませんか？」

「そうです。現在は、使用されていないので、人の気配はないし、駅前の駐車場も、すいています。そこで、今朝早く、死んでいるのが、見つかったんですよ」

「駅前の駐車場ですか」

十津川は、前に見た光景を、思い出していた。

工事関係の車が、五、六台とまっていた。まだ、乗客の姿のないガーラ湯沢の大きな駅舎は、どこか、荒涼とした感じだった。

「行ってみますか？」

と、三浦が、きき、十津川が肯くと、パトカーは走り出した。

上越新幹線の線路沿いに、坂をあがっていくと、ガーラ湯沢の大きな駅舎が、見えてくる。

その前の駐車場には、テレビの中継車が一台とまっていて、レポーターの女性が、そこにとまっている白色のポルシェを指さして、何か喋《しゃべ》っていた。

「あの車ですか？」

と、亀井が、きくと、三浦は、

「心中に使われた車は、もう、六日町署に、運んであります。あれは、テレビ局が、同じポルシェを運んで来たんでしょう」

と、いった。

十津川は、六日町署に行って貰うことにした。

「遺書は、あったんですか？」

と、十津川は、その途中で、きいた。

「遺書は、まだ、見つかっていませんが、駈けつけた中谷博のマネージャーの話では、彼が、最近、ふさぎ込んでいて、死にたいといい、心配していたそうです」

と、三浦が、いった。

六日町署に着くと、テレビの中継車が、二台とまっていた。

警察署の庭に、東京ナンバーの白いポルシェが置かれていて、テレビのカメラが、その車を、映していた。

十津川と、亀井は、三浦に案内されて、署長室にあがって行った。

署長は、十津川にあいさつしてから、

「テレビが、大変だよ。警察としての意見を聞かせろと、うるさいんだ」

と、三浦に、いった。

「中谷博と、とみ子の関係が、どんなものだったかを、知りたいんでしょう。中谷は、若者に人気のあるタレントですから」

と、三浦は、いった。

「実際のところ、二人の仲は、どうだったんですか？」

間に入るようにして、十津川が、きいた。

「中谷は、何回か、湯沢に遊びに来て、ホテルに、とみ子を呼んだそうです。それに、先日は、中谷が、とみ子を、グアムに誘ったとか」

と、三浦が、答えた。

「若いタレントが、湯沢に来て、芸者遊びというのは、ちょっと、変っていますね」

亀井が、小首をかしげた。

「もちろん、最初は、スポンサーか誰かが、連れて来て、その時、芸者を呼んだんだと思いますよ。来たのが、とみ子で、二人は、お互いに、好意を持ったということでしょうね。おかみさんの話では、とみ子は、もともと、中谷博のファンだったそうですから」

と、三浦が、いった。

「中谷のマネージャーが、来ているんでしたね？」

と、十津川が、きくと、署長が、

「来ていますが、今は、テレビのレポーターに、捕まっていますよ」

「名前は、何というんですか？」

「これです」

と、署長は、一枚の名刺を、十津川に見せた。

〈田中プロダクション　林正文〉

と、印刷された名刺だった。

中谷博と、とみ子の遺体は、解剖のために、新潟の大学病院に、送られるという。

一時間ほどしてから、十津川は、レポーターたちから解放された林マネージャーに、会うことが出来た。

三十歳ぐらいの背の高い青年だった。頑健な身体つきで、大学時代は、多分、体育会系だったのだろう。

「驚かれたでしょう？」

と、まず、十津川が、きくと、林は、

「彼が、死にたいと呟《つぶや》いていましたからね」

「それなのに、なぜ、ひとりで、湯沢に、来させたんですか？」

「知っていれば、ひとりにするものですか。昨日、突然、姿を消してしまったんですよ。心配になって、心当りを、必死になって探しているところへ、ここの警察から、電話があったんです。しかし、心中するとは、思いませんでしたね」

と、林は、青い顔で、いった。

「心中の相手のとみ子のことは、どの程度、知っていたんですか？」

「湯沢に、好きな芸者がいると、中谷が、いっているのを聞いたことがあります。しかし、名前は、知りませんでした」

「先日、中谷さんが、とみ子を、グアムに誘ったのを、知っていますか？」

と、十津川は、きいてみた。

「そんなことがあったんですか？」

「ありましたよ」

「しかし、中谷は、ずっと、日本にいましたがね」

「彼女を誘っておいて、中谷さん自身は、行かなかったんです。なぜですか？」

「さあ、私にもわかりません」

「中谷さんが、死にたいといい出したのは、最近のことですか？」

「そうです。なぜ、そんなことをいい出したのか、見当がつかないんですよ。理由も、いいませんでしたからね」

　と、林は、眉をひそめて、いった。

「あなたは、とみ子に、前に会ったことがありますか？」

　と、十津川は、きいた。

「前に一度、会っています。中谷と一緒に、ここに来た時です。ホテルに、芸者を呼んで、その時、彼女と、もう一人、来たんですよ」

「その時のとみ子の様子は、どうでした？」

「中谷のファンだといっていましたね。やたらに明るい娘《こ》で、中谷も、気に入ったみたいでした」

「中谷博さんというのは、どういう青年ですか？」

　と、亀井が、きいた。

5

「マネージャーの私から見れば、これから人気が出てくる、前途有望なタレントでしたよ」

　と、林が、残念そうに、いった。

「年齢は、二十何歳ですか？」

「二十四歳になったところです」

「生れは、東京ですか？」

「いや、九州の長崎です。地元の高校を出たあと、両親には、東京の大学へ行くといって上京しましたが、東京に着くと、うちのプロダクションを訪ねて来ました。タレントになりたいといいましてね。ハンサムだし、タッパもあるんで、社長が、一応、うちに、置いてみることにしたんです。うちでは、しばらく、使い走りみたいなことを、やっていました。三年ぐらいは、目が出なくて。それが、最近になって、急に、売れ出したんですよ」

「恋人はいましたか？　とみ子の他にですが」

　と、十津川は、きいた。

「特定の恋人はいなかった筈です。ファンの女の子は、一応いましたが、みんな、子供っぽい女の子ばかりでね。だから、とみ子という芸者が、好きになったんじゃないかと思いますね。彼女は、大人だし、きゃあ、きゃあいうファンの女の子とは、ぜんぜん、違いますからね」

　と、林は、いった。

「中谷さんが、前に、自殺を図ったことは、ありませんでしたか？」

　これは、亀井が、きいた。

「自殺を図ったことですか？」

「そうです」

「これは、秘密にしておいたんですがねえ。実は、睡眠薬で、自殺を図ったことがあるんです」

と、林は、重い口調で、いった。

「それは、いつですか？」

「今年の三月です」

「理由は、何だったんですか？」

「急に、仕事が増えて、自分の時間が、なくなってしまった。精神的にも、肉体的にも、疲れて、ノイローゼになったんだと思いますね。医者の処方箋《しょほうせん》で、睡眠薬を飲んでいたんですが、それを、溜めておいて、いっぺんに飲んだんですよ。私が発見して、すぐ、吐かせたので、助かりましたがね」

「助かってから、中谷さんは、なぜ、そんなことをしたのか、あなたに、いいましたか？」

「負けん気の強い男ですから、私には、間違って、大量に飲んでしまったといっていましたが、そんな筈はないんですよ。自殺するつもりで、睡眠薬を、溜めていたんです。恐らく、忙しすぎることとか、人気を得るために、嫌な仕事もしなければならないこととか、周囲を気にしていかなければならないこととかが重なって、ストレスが、溜まっていたんだと思います。そのいくつかは、マネージャーの私の責任なんですが」

「それで、今度のことを、どう思いますか？」

と、十津川は、きいた。

林は、「そうですねえ」と、口の中で、呟いてから、

「中谷は、自分の苦しみを、周囲の誰にも、打ちあけたり、相談したり、出来なかったんでしょうね。普通の人間なら、友人というのがいるんですが、この世界では、ライバルばかりですからね。マネージャーの私だって、仕事をどんどん入れる鬼みたいに見えていたのかも知れません。そんな中谷にとって、正直に、ポンポンいってくれる芸者のとみ子だけが、本当に、悩みを打ちあけられる人間に、見えていたのかも知れません」

「なるほどね」

「だから、私たちに黙って、ひとりで、車を飛ばして、湯沢に来て、彼女を呼び出したんじゃありませんかねえ。そして、話し合っているうちに、彼女が同情して、あんなことになってしまった――」

林は、小さな溜息《ためいき》を洩らした。

「中谷さんが、彼女を、グアムに誘っていたのは、知らないと、おっしゃいましたね？」

「ええ。知りませんでした。ただ――」

「ただ、何です？」

「今から考えると、思い当ることが、全くないでもありません。中谷が、疲れているというので、社長が、スケジュールをやりくりして、何とか、五日間の休みを、取ったことがあるんです。中谷は、ひどく喜んでいましたね。どうすると、私が、聞いたら、海を見に行くといっていました。結局、その休みも、新しい仕事が飛び込んできて、パアになってしまったんですが、あの時、中谷は、とみ子さんを、誘ってたんじゃないかと思うんですよ。グアムで、落ち合うことにして」

「そういうことだったのなら、よくわかりますね」

と、十津川は、いった。

この心中事件は、マスコミ、特に、テレビが、大きく取りあげた。新聞でも、スポーツ新聞の芸能欄が、大きく扱った。

この日、十津川と、亀井は、湯沢のホテルに泊ることにしたのだが、翌日のスポーツ紙は、一面に、この心中事件を、のせていた。

テレビをつけると、朝のモーニング・ショウが、また、大きく、報道する。

有望新人タレントと、『雪国』の駒子のふるさと湯沢の芸者の心中というのが、恰好《かっこう》のニュースネタだからだろう。

「大変なものですねえ」

亀井が、テレビを見ながら、感心している。

「このところ、純愛志向だそうだから、それに、ぴったり合致しているんだろう」

と、十津川は、いった。

十一月十五日夜に、ヴィラ湯沢で起きた殺人事件も、東京で起きた若宮殺しも、吹き飛んでしまった感じだった。

昼近くなって、三浦警部から、ホテルにいる十津川に、電話が、かかった。

「解剖の結果が、出たので、お知らせします。死因は、やはり、排ガスによる中毒死でした。死亡推定時刻は、一昨夜、十一月三十日の午後十時から十一時の間ということです」

と、三浦は、いった。

「遺書は、まだ、見つかりませんか？」

と、十津川が、きいてみた。

「遺書は、なかったんじゃないかと、思いますね。中谷博のマネージャーの話では、彼が、仕事のことなどで、悩んでいたようですからね。もともと、中谷のファンだったとみ子が、それに同情して、発作的に、二人で、排ガス心中をしたと思っています。それなら、遺書がなかったことも、納得できますから」

と、三浦は、いった。

十津川は、亀井と、昼食を食べに、ホテルを出た。

前に来たとき、そばを食べた越後湯沢駅近くの店に入り、そのあと、二人は、歩いて、ガーラ湯沢駅へ行ってみた。

駅前の駐車場には、今日も、五、六台の車しか、とまっていない。

その端のところに、花束が、三つほど、飾られていた。死んだ中谷博のファンが置いたものだろうか。それとも、とみ子の同僚が、手向《たむ》けたものだろうか。

ガーラ湯沢駅も、駐車場も、高台にあるので、展望はいい。

「なぜ、こんな所で、死んだんですかねえ」

と、亀井が、呟いた。

「心中の場所としては、ふさわしくないかね？」

「普通、心中というのは、人に知られないように、山奥に車を入れてとか、人のいない海辺でというものでしょう。確かに、ここは、車が少ないですが、駐車場ですよ。いつ、他の車が、入って来るかわからない所で、排ガス心中をしますかね？」

「しかし、結果的に、成功しているんだ。それに、まわりには、ずらりとマンションが出来てしまっている。案外、スキー・シーズン前のここが、静かでいいと、二人は、考えたんじゃないかねえ」

十津川は、周囲を見廻した。

「警部！」

と、亀井が、急に、大きな声を出した。

十津川は、煙草をくわえて、火をつけようとしていたのだが、ライターを持ったまま、

「何だい？　カメさん、怖い顔をして」

「警部は、本当に、これが、心中事件だと、思っていらっしゃるんですか？」

「県警も、マスコミも、心中事件だと思っているよ」

「私が、聞きたいのは、警部のお考えですよ」

「カメさんは、心中だと、思っていないのかね？」

「湯沢と、東京で、続けて、二つの殺人事件が起きています。この二つの事件には、関係がある。それは、警部も同感でしょう？」

「ああ、そうだ」

「今度の二人の死は、その続きに起きたと、私は、思うんです。それが、単なる心中の筈がありません」

亀井は、怒ったような声で、いった。

「なるほどね」

「それで、警部は、本当は、どうお考えなんですか？」

と、亀井が、重ねて、突っ込んできた。

「そうだね。今のところ、心中ではないという証拠はない」

と、十津川は、いってから、

「だが、私も、カメさんと同じく、これは、殺人による口封じではないかと、疑っているよ」

「それを聞いて、安心しました」

亀井が、やっと、微笑した。

十津川も、笑って、

「安心したか？」

「ええ。安心しましたよ」

と、亀井は、いった。

第四章　検証

1

とみ子と中谷博の死が、心中ではなく、殺人だとすれば、犯人の目的は、口封じ以外に考えられない。

とみ子は、ヴィラ湯沢で殺された芸者由美の同僚だし、仲が良かった。お座敷に一緒に出ることも多かったと聞く。従って、彼女が、お座敷で、犯人を見ている可能性もある。だから、犯人が、彼女の口を封じたのではないかと考えられる。

「だが、中谷博は、なぜ、殺されたんだろう？」

と、十津川が、疑問を、口にした。

「それは、心中に見せるために、利用されたということでしょう。元気のいい芸者のとみ子が、突然、死んでは、怪しまれる。そこで、中谷博と一緒に殺して、心中に見せかけたんですよ。ただ、若い男なら、誰もいいとはいえない。中谷は、丁度《ちょうど》、今の生活に悩んでいたし、とみ子の方は、彼のファンだったから、一緒に死んでいれば、中谷の悩みに、とみ子が同情して、心中したと考える。それで、中谷を選んだんだと思いますね」

と、亀井が、いった。

「つまり、中谷の口封じということは、犯人は、考えていないということだね？」

と、十津川がいうと、亀井は、当然でしょうという顔で、

「とみ子は、殺された由美と親しかったが、中谷は、そうじゃありませんからね」

と、いった。

「それは、そうなんだがね――」

十津川の語尾が、あいまいになったのは、まだ、中谷博という青年のことが、完全にわかったとは、いい切れなかったからである。

その不安を、打ち消すように、十津川は、

「とにかく、もう一度、とみ子のことを、調べ直してみよう」

と、いった。

彼女のことをよく知っている人間となると、まず、彼女がいた置屋《おきや》のおかみさんということになる。

十津川は、亀井と、もう一度、その置屋を、訪ねた。

おかみさんの早川好江は、実の娘の由美を殺され、今度は、とみ子が死んで、完全に、

参っているようだったが、それでも、店を閉めないでいるのは、まだ、他に芸者がいることもあるし、昔芸者だったことからくる心意気というものかも知れない。

「われわれは、とみ子さんは、心中ではなく、殺されたと、思っています」

と、十津川が、いうと、おかみさんは、びっくりした表情で、

「そんな。なぜ、あの娘《こ》まで、殺されるんですか？」

と、十津川を見、亀井を見た。

「犯人は、多分、由美さんを殺した人間です。とみ子さんが、犯人について、何か知っている。だから、口封じに、心中に見せかけて、殺されたんですよ。ですから、おかみさんに、われわれに協力して頂きたいのです」

と、亀井が、いった。

「でも、協力といわれても、何をしたらいいんでしょう？」

「由美さんと、とみ子さんは、よく一緒に、同じお座敷に出ていたんですね？」

と、十津川は、きいた。

「ええ。あの二人は、いいコンビでしたからね。由美は、大人しくて、かたい感じでしょう。その点、とみ子ちゃんは、明るくて、話好きだったし、由美が、お姐《ねえ》さん、お姐さんと、慕っていたので、よく一緒に、お座敷に行かせましたよ」

「二人が一緒に出た時のお座敷の記録は、とってありますか？」

と、十津川は、きいた。

「全部ではありませんけど、今年の分は、税金の申告の時に必要なので、とってありますよ」

「それを、見せて下さい」

と、十津川は、いった。

おかみさんは、奥から、ダンボールに入れた領収書の控えの束と、帳簿を持って来た。

領収書の控えの方は、いわゆる花代《はなだい》の分だった。帳簿には、日付と、ホテル、旅館の名前、それに、芸者の名前が、記入されていた。

なお、お客の名前も、書かれている。

今年の一月から、今月までの間のものである。

まず、その中から、由美と、とみ子の二人が呼ばれたお座敷を、抜き出した。

四十七回になった。

さらに、今度の事件と全く関係がないと思われるものを除外した。例えば、九州の商店会のお座敷といったものや、会津の白虎《びゃっこ》隊顕彰連盟《たいけんしょうれんめい》といったものである。

それで、数は、十二まで、少なくなった。

その中から、例の五人の名前が出てくるお座敷を、さらに、選び出した。

新潟選出の参議院議員　栗山政一郎（六二歳）
その息子で、衆議院議員の栗山貢（三九歳）
M銀行渉外部長　松本弘（四五歳）
サン建設社長　奥寺祐介（六〇歳）
同建設の東日本担当部長　新井功（三二歳）

この五人である。
帳簿と、領収書の控えを付き合せながら、この五人の名前を、探していった。
やはり、彼等の名前は、何回か出てきた。それに、死んだ中谷博の名前もである。

○一月二十六日　N旅館
栗山政一郎
松本弘
奥寺祐介
若宮勇

○二月三日（節分）B旅館

栗山貢
奥寺祐介
若宮勇
中谷博

○五月十五日　Tホテル
栗山政一郎
若宮勇

○七月十九日　R旅館
栗山貢
中谷博
畑山ゆう子（タレント）二五歳

○八月七日　N旅館
栗山政一郎
松本弘

　奥寺祐介
　若宮勇
○九月二十日　R旅館
松本弘
奥寺祐介
若宮勇
○十月七日　N旅館
栗山政一郎
松本弘
奥寺祐介
若宮勇
○十一月五日　Tホテル
奥寺祐介
中谷博

栗山貢
若宮勇

七月十九日以外は、全《すべ》て、殺された若宮社長が、同席している。彼が、招待したのだろう。

それを証明するように、由美と、とみ子二人の花代は、若宮が、支払っている。

七月十九日の場合の花代の支払いは、栗山貢だった。

十津川は、念のために、旅館の支払いも、調べることにした。亀井と二人で、旅館、ホテルに行って調べればいいのだが、おかみさんが、電話できいてくれるというので、頼むことにした。現在の時点で、自分たちが、調べて廻っているのは、なるべく、隠しておきたかったからである。

やはり、宿泊代の支払いは、若宮勇というより、若宮建設になっていた。七月十九日もである。

七月十九日は、栗山貢たちは、さすがに、芸者の花代だけは、自分たちで支払ったが、宿泊代は、若宮建設に回したらしい。

「この他にも、連中は、この越後湯沢に来ているかも知れないな」

と、十津川は、いった。

その場合でも、ホテル、旅館代は、若宮建設に払わせているだろう。そして、その見返りに、若宮建設も、利益を受けていただろうことが、推測できる。

もちろん、若宮は、国会議員栗山たちに、宿泊代や、芸者の花代を払っただけではないに決っている。周辺のマンションの建設を、請け負い、リベートを、渡していたのだろう。

（その結果として、今度の殺人が、起きたのだろうか？）

その答は、十津川には、まだ、見つかっていない。イエスかも知れないし、ノーかも知れない。

とにかく、ここに出てくる五人は、若宮勇とも知り合いだったし、芸者のとみ子、由美も知っていたのだ。

それに、中谷博が、とみ子と、顔見知りだったことも、確認された。

「そのお座敷が、どんな様子だったのか、おかみさんは、聞いていませんか？」

と、十津川は、きいてみた。

「若宮さんのお座敷は、いつも、賑《にぎ》やかでしたよ。御祝儀《ごしゅうぎ》も、はずんで下さったし――」

と、おかみさんは、いう。

「バブルが、はじけてもですか？」

「ええ。無理なさっていたのかも知れませんけどねえ」

と、おかみさんは、いってから、

「この中の八月七日と、十月七日には、由美ととみ子さんの他に、あと一人、行って貰《もら》ったんですよ。三人来てくれといわれましたものでね。あけみという子に、一緒に、行って貰いました。彼女を呼びますから、聞いて下さいな」

と、付け加えた。

あけみというのは、由美やとみ子より年上で、三十二歳の芸者だった。続けて、二人の芸者が亡くなったので、やや、青い顔をしていたが、それでも、落ち着いて、十津川の質問に、答えてくれた。

「八月と十月のお座敷のことは、よく覚えていますよ」

と、あけみは、いった。

「賑やかなお座敷だったみたいですね？」

「ええ。若宮社長さんのお座敷は、いつも、賑やかだったわ。楽しくてね。栗山先生や、息子さんの若先生なんかは、気前が良くて、あたしたちに、シャネルのハンドバッグを買ってくれたり、カルティエのブレスレットをプレゼントしてくれたりしたわ」

あけみがいうと、亀井が、笑って、

「それは、つまり、接待した若宮社長が、気前が、良かったということなんじゃないの？」

「そりゃあ、そうですけど」

「若宮さんの栗山父子に対する態度は、どんなでした？」

と、十津川が、きいた。

「そりゃあ、丁重《ていちょう》に、接していたわね。栗山先生だけじゃなくて、M銀行の方や、サン建設の社長さんにもね。気位の高いあの社長さんが、本当に、お客さん方を、立てて、もてなしていたわ」

「お座敷で、どんな話が、出ていたのかな？」

「そうねえ。あんまり、仕事の話はしなかったけど、社長さんが、マンションのことで、栗山先生や、他の人たちに、お礼をいってたのは、覚えてるわ」

と、あけみは、いう。

「栗山議員にも、マンションのことで、お礼をいってたんだね？」

「ええ。いろいろと、ご配慮を頂きましてって、社長さんは、頭を下げていたわね」

「やっぱりね」

十津川が、肯《うなず》くと、あけみは、眉をひそめて、

「やっぱりねって？」

「ヴィラ湯沢の建設に、政治家が、絡《から》んでいたということさ」

と、亀井が、吐き捨てるように、いった。

「でも、そんなこと、常識じゃないの？　今さら、感心することはないわ」

あけみは、馬鹿にしたように、いった。

十津川は、そのあけすけないい方に、苦笑するより仕方がなかった。

「あけみさんは、お座敷で、中谷博に会ったことはないんですか？」

と、十津川は、きいた。

「ええ。でも、あたしも、彼のファンだから、由美ちゃんや、とみ子ちゃんに、中谷博のことを、聞いたことはあるわ。ああ、とみ子ちゃんに頼んで、彼のサインも貰ったわ」

「中谷博について、二人は、どんなことを話していましたか？　細かいことでもいいから、教えて下さい」

と、十津川は、いった。

「でも、中谷博は、もう死んじゃったんでしょう。それなのに、何か調べることがあるの？」

「殺人の疑いがあるんですよ」

「じゃあ、とみ子ちゃんも？」

「とにかく、話して下さい」

と、十津川は、頼んだ。

「そうねえ」

と、あけみは、いい、考えていたが、

「これは、とみ子ちゃんが、いってたんだけど、サン建設の社長さんが、中谷博のスポンサーで、栗山先生が、後援会の会長だって」

と、いった。

多分、それは、本当だろう。

サン建設社長の奥寺祐介は、タレントのパトロンになるのが好きな人物として、知られているし、政界の大物が、タレントの後援会長になるのは、よくあることだからだ。

しかし、中谷博が亡くなった時、奥寺も、栗山政一郎も、また、栗山貢も、何の談話も発表していない。

テレビのレポーターや、週刊誌の記者たちが、二人に会って、中谷博のことをきかなかったということもあるだろうが、勘ぐれば、二人が、中谷博のことに、触れたがらないということではないのか。

「中谷博と、とみ子さんは、本当に、仲が良かったのかねえ？」

と、亀井が、あけみに、きいた。

「そこが、不思議なのよ」

と、あけみが、首をかしげて見せた。

「何が不思議なのかね？」

「確かに、とみ子ちゃんは、中谷博のファンで、サインを貰って喜んでいたけど、いくら頼まれたって、同情して、一緒に死ぬような人じゃないわ。彼女、とても、強い人だもの」

「だから、心中は、不思議だと？」

「ええ。信じられなかったわ」

「中谷博が、無理矢理、心中に持ち込んだということは、考えられないかね？」

「とみ子ちゃんは、そんな時だって、彼を、説得して、助けてしまうと、思うけど」

と、あけみは、いった。

「だが、二人は、死んでしまったんだ」

「だから、いったい、どうなってるのかと、考え込んじゃったわ」

「若宮社長が、東京で殺されたことは、知っていますね？」

と、十津川が、きいた。

「それも、びっくりしたわ。物盗《もの と》りの犯行か何かなの？」

「いや、私たちは、顔見知りの犯行だと思っていますよ」

「でも、あの社長さんは、陽気だし、気前も良かったわ。そりゃあ、多分、強引なところはあったけど、それで、誰かに恨まれるなら、たまらないわ」

「気前がいいというのは、つまり、君たちに、シャネルのハンドバッグなんかを、買ってくれたということですか？」

「そんなことは、社長さんにしてみたら、小さなことだったと思うわ。これは、噂なんだけど、ヴィラ湯沢の建設のことで、お世話になった栗山先生なんかに、どかんと、大きなお礼をしたといわれてるし――」

「どかんというと、具体的に、どんなことなんだろう？　沢山の金を、政治資金として、栗山政一郎に、寄付していたんだろうか？」

「それもあるかも知れないけど、あたしが、とみ子ちゃんにきいたんじゃ、あのヴィラ湯沢の一部屋を、栗山先生に、社長さんが、プレゼントしたんですってよ」

と、あけみは、いった。

十津川は、亀井と、顔を見合せた。

（あのマンションに、栗山政一郎も、部屋を持っていたのか）

と、いう思いだった。

2

十津川は、すぐ、ヴィラ湯沢の居住者名簿を、調べてみた。

だが、部屋の持主の中に、栗山政一郎の名前は、なかった。

「どう思うね？」

と、十津川は、亀井に、きいた。

「あけみというあの芸者が、思い違いしているのか、栗山が、他人名義で、持っているのか、どちらかでしょうね」

と、亀井は、いう。

改めて、あけみに問い合せてみると、とみ子から、それらしいことを聞いたと思うのだが、はっきりしないという返事だった。

十津川は、東京に電話をかけ、西本と日下の二人の刑事に、栗山政一郎本人に、当って、きいてみるように、指示した。

翌日、西本から、電話が入った。

「栗山政一郎には、会えませんでしたが、電話で問い合せ、秘書には、会って、話を聞きました」

「それで、どうだったんだ？」

「栗山は、そんなものは、貰っていないと、大きな声で、否定しました。そのあと、秘書に会ったんですが、もし、そんな噂が立っているのなら、遺憾《いかん》だと、型にはまったいい方をしています」

「やはり、否定したか」

「ヴィラ湯沢の件について、若宮社長を、サン建設社長に、紹介したことはあるが、それによって、栗山政一郎は、何の利益も得ていないと、秘書は、いっています」

と、西本は、いった。

「紹介したことは、認めたのか？」

「はい。前から、若宮社長のことは、よく知っていた。同郷で、同じ政界の人間として、付き合いもあった。彼に頼まれたので、紹介の労はとったが、それだけだと、秘書は、いっています」

「なるほどね。わかった」

と、いって、十津川は、電話を切った。

「栗山政一郎は、否定ですか？」

と、亀井が、きいた。

「ああ。当り前だろうがね」

「しかし、警部は、ヴィラ湯沢に、栗山が、若宮社長から贈られた部屋を持っていると、お考えのようですね？」

「十分に、あり得ることだからね。他人名義にして、持っていると、思うよ」

「一部屋ずつ、調べてみますか？」

と、亀井が、きく。

「無駄だろう。名義を貸した人間が、喋《しゃべ》るとは、思えないからね」

「とみ子は、その人間の名前を知っていたのかも知れませんね」

「だから、心中に見せかけて、殺されたか？」

「そうですよ。芸者の由美が殺されていたのが、問題のヴィラ湯沢です。そこに、栗山政一郎の部屋があったとすると、事件の見方が変ってきますからね」

亀井は、強い声で、いった。

十津川も、同じ気持だったが、わざと、

「カメさんの考えを聞かせてくれないか」

と、いった。

「今、由美を殺した容疑で、警部のお友だちが、逮捕されています。前に一度、彼女を、呼んだことがあるという理由でです。しかし、由美は、意外にかたい女で、お座敷ではなく、マンションに出かけて行くだろうかという疑問が生れてきます。たった一度だけ、お座敷に呼ばれた客のマンションにです。それが、栗山政一郎に呼ばれていたとすれば、話が、変ってきます。彼のお座敷には、何度も呼ばれていますし、何といっても、父親である若宮社長の大切なお客です。それで、マンションに出かけて行った。老人だし、偉い先生だというので、安心して、会いに行ったのに、突然、身体を求められ、抵抗した。栗山の方は、予期しない抵抗にあって、かッとして、殺してしまった。そのあと、死体の処置に困った。外に運び出したいが、目撃される危険があります。といって、廊下に放り出しておけば、警察は、マンションの全《すべ》ての部屋の住人を調べるだろう。当惑した栗山は、マンションの建設に関係したサン建設の社長か、部長、或《あ》るいは、若宮社長に、助けを求めたと思います。その中の誰かは、わかりませんが、いずれにしろ、栗山政一郎は、大切な人です。そこで、ヴィラ湯沢のマスターキーを持って駆けつけ、沢木さんの部屋を開け、由美の死体を、投げ込んだんだと、思います。なぜ、その部屋にしたのかはわかりませんが、たまたま、その直後に、部屋の主の沢木さんが、やって来て、容疑者にされてしまった。こういうことではないかと、思うのです」

亀井は、考えながら、いった。

「栗山が、助けを呼んだのは、三人の中の誰だと思うね？」

と、十津川は、続けて、きいた。

その質問に対しても、亀井は、少し考えてから、

「ヴィラ湯沢で起こした事件です。東京から、サン建設の社長や、部長を、呼ぶのは、時間が、かかり過ぎます。それを考えれば、この湯沢にいる若宮社長に、助けを求めたとするのが、自然だと、思います」

と、いった。

「しかし、若宮社長は、殺された由美の父親だよ」

「そうです。しかし、若宮も、由美も、お座敷で、客の栗山たちには、内緒《ないしょ》にしていたんじゃないかと思いますね。現実に別れているし、お座敷の話題として、楽しいことじゃあ

りませんからね」

と、亀井は、いった。

「栗山は、それを知らずに、若宮に、助けを求めたというわけか？」

「そうです。知っていれば、いくら何でも、栗山は、若宮に助けてくれとはいわなかったでしょう。栗山は、多分、若宮に電話して、大変なことになってしまったから、すぐ来てくれとでも、いったんだと思います。若宮は、あわてて、飛んで行き、死んでいる由美を見て、愕然《がくぜん》としたでしょう。しかし、今さら、栗山をなじることも出来ない。黙って、処理をしたんだと思いますね。そのことが、若宮まで殺されることになったのだと、私は、考えます」

と、亀井は、いった。

「それを、説明してくれないか」

と、十津川は、いった。

「あとで、栗山は、由美の父親が、若宮と知って、驚いたんじゃないでしょうか。驚くと同時に、不安に襲われたことが、想像されます。若宮が、自分を憎み、いつ、由美殺しのことを、警察に知らせるかわからない。もし、そんなことになったら、全てが、崩壊してしまう。そこで、何食わぬ顔で、若宮を、東京に呼びつけ、四谷で、殺してしまった。口封じです」

と、亀井は、いった。

「そのあと、とみ子と、中谷博が、殺されたのは、どう説明するね？」

十津川は、続けて、きいた。

「これも、由美殺しの延長上にあると、思っています。栗山は、若宮を殺して、ひと安心したと思いますが、われわれが、由美の朋輩《ほうばい》のとみ子に、あれこれ聞き始めたことで、また、不安に襲われたんじゃないでしょうか。何よりも、栗山が、恐れたのは、ヴィラ湯沢に、若宮から贈られた部屋のあることが、警察にわかってしまうことだったと思いますね。あけみは、聞き伝えでしたが、とみ子は、誰の名義になっているのか、知っていたんじゃないでしょうか。そこで、栗山としては、何としてでも、とみ子の口から、そのことが、洩《も》れるのを防がなければならない。といって、とみ子を、ただ、殺したのでは、まずい。そこで、中谷博と、とみ子が、心中したことにしてしまおうと考えたんだと、思います」

と、亀井は、いった。

「とみ子は、中谷博のファンだし、彼の方は、タレントとしての生活に、疑問を持っていたので、心中にして殺しても、疑われないと、計算したというわけだね？」

「その通りです」

「これで、上手《うま》く説明はつくんだが――」

と、十津川は、考え込んだ。

「栗山以外に、犯人は、考えられませんよ」

と、亀井は、いった。

「問題は、アリバイだな」

と、十津川は、いった。

3

若宮社長が、殺されたのは、十一月二十四日の夜、九時から十時の間である。

「カメさん。栗山政一郎には、アリバイが、あったじゃないか。彼は、この日の夜、財界人と新橋で、会食している。別れたのは、十時半だ」

と、十津川は、いった。

「必ずしも、栗山が、直接手を下したとは、限りませんよ。腕力のある秘書もいるでしょうし、金で動く人間に、やらせたかも知れません。とみ子と、中谷を、心中に見せかけて、殺した場合も、同様です」

と、亀井は、いった。

「それじゃあ、アリバイを調べても、何にもならないことになってしまうよ」

「いや、十一月十五日の由美殺しは、別です。これは、計画したものではありませんから、犯人が、直接、手を下しています。この日のアリバイの有無《うむ》が、命取りになると、確信しています」

と、亀井は、いった。

確かに、由美殺しは、犯人が、直接、手を下しているに違いなかった。

「すぐ、東京に帰って、十一月十五日の栗山政一郎のアリバイを、調べてみよう」

と、十津川は、亀井に、いった。

二人は、ホテルを引き払い、上越新幹線に乗って、東京に戻った。

何かを象徴するように、二人が、越後湯沢の駅で、列車を待っている時、今年の初雪が、ちらつき始めた。もう十二月である。間もなく、ここは、本当の雪国になるだろう。

東京駅には、西本刑事が、パトカーで、迎えに来てくれていた。

時刻は、午後三時少し前である。

「栗山政一郎の事務所へやってくれ」

と、十津川は、腕時計を見て、いった。

栗山の事務所に着くと、十津川と、亀井は、秘書の一人に、会った。栗山は、今、国会に出ているという。

「実は、栗山先生の十一月十五日夜の行動を、教えて頂きたいのですよ」

と、十津川は、その秘書に、いった。

「今度は、十一月十五日ですか」

と、彼が、顔をしかめたのは、前に、若宮社長が殺された十一月二十四日のアリバイについて、聞かれたからだろう。

十津川は、構わずに、

「わかりますか?」

「わからないことはありませんがね」

と、四十歳くらいに見える秘書は、怒ったような顔でいい、それでも、手帳を見て、

「この日は、ずっと、東京に、おられましたね。国会は休みでしたので、夕方まで、この事務所で、過ごしました。午後七時から、銀座のメリメ亭で、K産業の社長片桐氏と夕食をとっています。この店は、フランス料理の店です。そのあと、同じ片桐社長と、銀座のクラブ・ロイヤルで、十一時まで、過ごしています。十一時過ぎに、私が、車で、迎えに行きました」

と、いう。

十津川は、それを、手帳に、書き留めて、いった。

「栗山先生は、いつも、こんな生活をしておられるんですか?」

秘書は、また、不快げな表情になって、

「こんな、というのは、どういうことですか?」

「つまり、銀座で、お友だちと、夜おそくまで、飲むという生活ですよ」

と、亀井が、いった。

秘書は、亀井を睨むように、見て、

「そんな、誤解を生むようなことをいわれては、困りますね。この日は、国会が休みだったし、片桐社長の方から会いたいと電話があったので、銀座に行かれたんです。支払いも、全て、栗山がしています」

と、声を強めて、いった。

「話は違いますが、栗山先生は、よく、湯沢へ行かれるようですね」

十津川は、何気ない調子で、いった。

「それは、新潟は、故郷ですし、栗山は、温泉好きですから、何回か行っている筈《はず》です」

「湯沢へ行かれた時、お泊りになる旅館や、ホテルは、決っているんですか？」

「決っていると、思いますが、なぜ、そんなことを、お聞きになるんですか？　栗山の完全なプライバシーに属することでしょう？」

と、秘書は、また、声を荒《あら》げた。

政界再編成や、若返りが叫ばれている今、六十二歳の栗山は、微妙な立場に置かれている。それだけに、余計に、ぴりぴりしているのだろう。この秘書もである。

「秘書は、あなたを含めて、何人いらっしゃるんですか？」

と、十津川は、きいた。

「九人ですが、少ない方ですよ。二十人以上、秘書を抱えている方もいますから」

「どういう経歴の人が多いんですか？」

「ちょっと待って下さいよ。今度は、われわれ秘書を、疑うんですか？」

と、相手は、反撥《はんぱつ》した。

「いや、政治家の秘書というのは、どういう経歴の人が、多いのかなと、思いましてね」

「経歴は、まちまちですよ」

「ええと、あなたは、小田さんでしたね」

と、十津川は、貰った名刺に、眼をやった。

「小田研一です。年齢は三十九歳。略歴もいいましょうか？」

と、秘書は、挑発的な眼になって、十津川を見た。

十津川は、落ち着いた顔で、

「よければ、教えて下さい」

「生れ育ったのは、新潟です。大学は、東京。S大の政経を出ました。そのあと、通産省に入り、三年前に退職して、今の仕事につく。これだけですよ」

「栗山先生と同郷というわけですね。ああ、それに、大学も、後輩に当るんですね」

「僕は、先生を尊敬しているので、秘書になったのです」

小田は、今度は、胸を張るようにして、いった。

「すると、いつか、小田さんも、国会議員として、立候補するわけですね？」

「秘書をやっている人間の望みは、みんな同じじゃありませんか」

小田は、そういう返事をした。つまり、彼もいつか、国会議員として、選挙に打って出たいと思っているのだ。その場合は、新潟で、栗山政一郎の地盤を受け継ぐ形になるのだろう。

「小田さんにとって、栗山先生は、どんな存在ですか？」

と、亀井が、きいた。

「もちろん、尊敬しています。日本で、一番尊敬できる政治家ですよ」

と、小田は、いう。

「神様のような存在ですか？」

「そういっても、構いません」

「そうだとすると、栗山先生のためなら、どんなことでもするという気持ですか？」

と、亀井が、きいた。

小田は、その質問に、苦笑して、

「刑事さんは、多分、殺人だってやると僕にいわせたいんでしょうが、いくら、僕が、先生を尊敬していても、それはやりませんよ」

「しかし、栗山先生に頼まれたら、どうしますか？」

と、亀井は、無遠慮に、きいた。

小田は、笑いを消した表情になって、

「この際、はっきりと、申し上げますがね。栗山先生は、そんなことを要求することは、絶対にないし、もし、あったとしても、僕は、断ります。それが、当然でしょう。これ以上、失礼な質問をするのなら、弁護士を通じて、抗議しますよ」

「わかりました。いろいろと、失礼なことを質問したことを、お詫《わ》びします。これも、仕事なので、納得して下さい」

と、十津川は、亀井を制して、小田に頭を下げて、立ち上がった。

二人は、パトカーに戻った。

「カメさんに悪いことをしたかな？」

と、十津川が、きくと、亀井は、笑って、

「丁度《ちょうど》いいところでした。どうも、私は、質問でも、引き際を考えずに、突進してしまいますから」

と、いった。

「これから、何処《どこ》へ行きますか？」

と、運転席で、西本が、きく。

「いったん、警視庁へ帰るよ」

と、十津川は、いった。

警視庁に帰ると、西本と、日下の二人に、小田秘書の話の裏をとっておくようにいっておいて、十津川は、三上本部長に、湯沢でわかったことを、報告した。

それに合せて、自分と、亀井の推理を話すと、三上は、難しい顔になって、

「栗山政一郎が、犯人だというのかね？　相手は、大物政治家だよ」

と、いった。

「まだ、断定はしませんが、彼が、犯人だとすると、辻褄《つじつま》が合うのです」

「しかし、証拠はないんだろう？」

「彼が、問題のヴィラ湯沢に、他人名義の部屋を持っていることは、まず、間違いないと、思っています」

「しかし、それだって、確証はなく、他人名義といっても、誰の名前かもわかっておらんのだろう？」

三上は、かたい表情を崩さずに、いった。

「それは、必ず、解明してみせます」

と、十津川は、いった。

「十津川君」

「はい」

「どうも、君は、反権力的なところがあって、権力者が容疑者だと、それだけで、犯人と断定してしまうところがある。前々から、それが、心配だったんだが、今度も、それなんじゃないかね？」

と、三上は、いった。

（そんなことはありません）

と、いいかけて、十津川は、やめてしまった。

自分のことは、よくわからないと、思い返したからだった。自分では、事件の関係者を、冷静に、等分に見ているつもりだったが、第三者が見ると、三上部長のいうような見方をしているかも知れない。

「とにかく、慎重にやって貰いたいね。もし、栗山政一郎のような政治家を、誤認逮捕でもしたら、その後始末が、大変だからね」

と、三上は、いった。

確かに、そうだろう。相手が誰だろうと、誤認逮捕は、してはいけないのだが、現実問題として、相手が政界有力者の場合は、その後の圧力が、大変だろうと、十津川は、思う。

（問題は、アリバイだ）

と、十津川は、自分に、いい聞かせた。

由美殺しについて、栗山のアリバイが、あいまいだったら、遠慮なく、事情聴取を行うつもりでいた。

三上と別れて、部屋に戻って、しばらくして、西本と、日下が、聞き込みから、帰って来た。

「栗山政一郎のアリバイは、どうだった？」

と、十津川の方から、二人に、声をかけた。

西本は、首を小さく振って、

「日下刑事と、まず、K産業の片桐社長に会い、そのあと、銀座のクラブ・ロイヤルに行って来ました。アリバイは、確実でしたよ」

「具体的に、いってくれ」

「まず、片桐社長ですが、十一月十五日の午後七時に、栗山政一郎と、銀座のメリメ亭で、フランス料理を食べたと、証言しました。誘ったのは、片桐社長の方で、ここでの食事は、九時頃に終り、そのあと、銀座のロイヤルに、飲みに行ったとも、証言しています」

と、西本は、いった。

「当然、メリメ亭にも行って、確認したんだろうね？」

「しました。この店は、予約制になっていて、片桐社長は、前日の十四日に、予約を入れています」

「片桐社長と来たのが、別人だということはないのかね？　それを、栗山に頼まれて、彼と一緒に行ったという証言をしているということは」

と、亀井が、きいた。

「栗山も、片桐も、この料理店の常連《じょうれん》で、従業員は、みんな、栗山の顔を知っているということですから、別人と、間違えることは、あり得ないと思います」

と、日下が、いった。

「クラブ・ロイヤルの方は、どうだったね？」

と、十津川が、きいた。

「ここでは、ママと、マネージャー、それに、ホステスにきいてみましたが、全員、十五日の夜、片桐社長と、栗山政一郎が、九時過ぎに来たと証言しています。そして、十一時頃に、帰って行ったともです」

と、日下が、いう。

「二人は、そのクラブでも、常連なのかね？」

「そのようです」

「店の人間、全員が、栗山に頼まれて、偽証《ぎしょう》しているということは、考えられないのか？」

と、亀井が、西本と、日下を見た。

「疑えば、疑えますが、そこまでは、やっていないと、思います。栗山が、金で、アリバイを買ったとすると、クラブ・ロイヤルだけではなく、メリメ亭の従業員、そして、片桐社長も買収したことになります。そんなに何人もの人間を、買収して、偽証させるのは、ちょっと、無理ではないかと、思うのですよ」

と、西本がいい、日下も、肯《うなず》いた。

「無理かね？」

「全部で、十人から十一人の人間を買収する必要がありますから」

と、西本は、いった。

確かに、十人もの人間を買収して、アリバイを作るのは、難しいだろう。特に、相手が、クラブのママや、マネージャー、それにホステスたちだとすると、他の店に移ってしまうことが多いし、口も軽いだろう。

「参ったね」

と、十津川は、溜息《ためいき》をついた。

ヴィラ湯沢に、栗山政一郎が、部屋を持っているらしいとなった時、十津川も、亀井も、今度の事件の犯人は、彼に違いないと、確信したからだった。

その確信が、もろくも、崩れてしまった。

亀井が、十津川を励ますように、

「まだ、栗山政一郎が、シロと、決ったわけじゃありませんよ」

と、いった。

「彼のアリバイは、インチキだというのか？」

「そうですよ。彼には、権力もあるし、金もあります。確かに、十人もの人間に偽証させるのは大変ですが、金と力があれば、全く不可能ではないでしょう。K産業の片桐社長は、栗山とは、長い付き合いのようですし、十五日に行ったフランス料理の店も、銀座のクラブも、常連です。利害関係が強いわけですから、頼まれれば、偽証だって、するんじゃないかと、思うのです」

亀井は、力を籠《こ》めて、いった。

「偽証ね」

「片桐社長の秘書を崩すのは難しいでしょうが、メリメ亭や、クラブの人間は、ひとりひとり、ぶつかっていけば、彼等の証言を崩すことは、出来ると、信じています」

と、亀井は、いった。

「私も、もう一度、当ってみます。今度は、カメさんのいうように、ひとりずつ、店の外に呼び出して、当ってみます」

と、西本も、いった。

日下も、同じ気持だと、いった。

三人に、そういわれると、十津川も、駄目だとは、いえなくなった。それに、十津川自身、まだ栗山犯人説に、未練が、あった。

「では、もう一度、調べてみてくれ」

と、十津川は、いった。

刑事たちの聞き込みが、再開された。わざと、クラブのホステスを、自宅マンションに訪ねて、個別に、聞き込みをしたらしい。

だが、二日たって、亀井が、気落ちした顔で、

「栗山政一郎は、シロですねえ」

と、十津川に、報告した。

「アリバイは、確定か？」

「別に、アリバイ証人が、出てきました。それも、警部のお友だちです」

「私の友人？」

「中央新聞に、田口というお友だちが、いらっしゃいますね？」

「ああ。大学が一緒だった男だよ」

「その田口さんが、十一月十五日の夜、たまたま、例のクラブ・ロイヤルに行っていて、栗山政一郎を見ているんです」

「田口がね」

十津川は、肯き、すぐ、中央新聞の社会部にいる田口に、電話をかけた。

「くわしい話をききたいんだ」

と、十津川は、いい、昼休みに、中央新聞社近くの喫茶店で、会った。

田口は、笑いながら、

「おたくの亀井刑事に、しつこく、念を押されたよ。間違いなく、十一月十五日でしたかとか、間違いなく、栗山政一郎でしたかとかね」

「それで、どうなんだ？」

と、十津川は、きいた。

「間違いなく、十一月十五日の夜で、栗山政一郎だったのか？」

「ああ、その通りだよ」

「しかし、よく十一月十五日だったと、確信できるね。十一月十四日だったかも知れないじゃないか？」

と、十津川が、きくと、田口は、笑って、

「君は、まだ、子供がいなかったな」

「それが、何か関係があるのか？」

「おれには、小学三年の娘と、五歳の息子がいる。十一月十五日は、七五三だよ」

「ああ、七五三だ」

「子供がいないと、わからないのさ。今、いったように、息子が五歳なんで、あの日は、家内にも、早く帰ってくれといわれたのに、接待で、銀座へ飲みに行って、叱《しか》られた。だから、よく、覚えているんだよ。第一、あんな高い店には、めったに行かれないんだ」

と、田口は、いった。

「栗山政一郎に会ったことは、間違いないのか？　他の人間を、見間違えたということは、ないのか？」

「ないね。実は、今、栗山政一郎は、いろいろな意味で、マークしている政治家なんだ。政権党の重鎮ということもあるし、息子が、二世議員ということもあるし、それに、どうも、利権の匂いがしてね。野党の次の攻撃目標は、栗山政一郎じゃないかといわれてるんだ。それで、マークしているから、間違える筈がないよ。一緒にいたのは、K産業の片桐社長だった」

「時間は？」

「十五日の午後十時から十一時の間だな」

と、田口は、いってから、今度は、探るような眼になって、

「警察は、なぜ、栗山政一郎を、追っかけてるんだ？」

と、きいた。

「今、湯沢と、東京で起きた事件を調べていてね」

「沢木が、捕まった事件だな」

「そうだ」

「正直にいうと、おれは、奴が、あまり好きじゃないんだ。ベンツを乗り廻したり、湯沢にリゾート・マンションを買ったりして、最近、浮かれていやがるからな。沢木は、どうなんだ？　シロなのか？」

　と、田口は、きいた。

「向うの警察は、沢木を、犯人だと、信じているよ。彼が、芸者を殺したと思っている」

「日頃、女にだらしがないから、こんな時、疑われるのさ。君は、どう思ってるんだ？　シロだと、信じているのか？」

　と、田口が、きく。

「何ともいえないね。ただ、続いて、東京で、殺人が起きた。同じ犯人の仕業《しわざ》なら、当然、沢木は、シロということになる。その時、彼は、新潟県警で、逮捕されていたわけだからね」

　と、十津川は、いった。

「東京の事件というと、若宮という建設会社の社長が殺されたやつだな？」

「そうだ」

「栗山政一郎が、犯人じゃないかと、思って、調べたということか？」

と、田口が、きく。

「それについては、ノーコメントだ」

「しかし、おれの証言で、栗山のアリバイが、確定したとなると、沢木は、どうなるんだ？」

「今のところは、何ともいえないな。いえるのは、引き続き、捜査を、進めていくということだけだよ」

と、十津川は、いった。

栗山政一郎は、シロと決った。残る容疑者は、彼の息子で、二世代議士の栗山貢と、サン建設の社長、同社東日本担当の営業部長、それに、M銀行の関係者ということになる。

ともかく、残る容疑者について、捜査を進めていくより仕方がない。

亀井刑事たちは、彼等の十一月十五日のアリバイを、確かめに、走った。

もちろん、それぞれに、十五日のアリバイを、主張した。

若手代議士の栗山貢は、都内に、事務所を持ち、十五日は、夜おそくまで、その事務所で、政界再編成や、若手の連帯について、調べていた、という。

サン建設の社長、奥寺祐介は、十五日の午後四時から六時まで、都内のNホテルで、来年春から建設にかかる千葉県内のデパートのことについて、Iデパートの重役と、会い、そのあと、帰宅した。

同建設東日本担当の新井部長は、この日は、カゼをひき、自宅で、終日、寝ていたと主張した。

M銀行の渉外部長、松本弘は、午後七時に、自宅に帰り、そのあと、外出はしていないと、刑事に、話した。

「自宅にいたというアリバイが、多いんだな」

と、十津川は、感想を、いった。

「栗山貢も、同じようなものです。麴町《こうじまち》の事務所で、ひとりで、勉強していたわけですから」

と、亀井は、いった。

十津川は、面倒だなと、思った。自宅や、事務所で過ごしたというのは、本人も、その証明が難しい。が、それを崩すことも、難しかったからである。

「とにかく、捜査を進めよう」

と、十津川は、いった。

第五章　二世議員

1

二世議員が多くなってきて、それについては、毀誉褒貶《きよほうへん》あるが、栗山貢《みつぐ》は、評判のいい方だった。

大学時代、貢は、サッカーをやっていて、ユースの代表に選ばれたこともある。今も、国会議員の若手が集まって作るサッカーチームで、活躍していた。

十津川は、大学時代のサッカー仲間、数人に集まって貰《もら》って、貢のことを話して貰った。

「正義感の強い男だったよ」

「あいつは、おやじに、いつも、男らしい男になれといわれていて、一所懸命に、そうなろうとしていたみたいだよ」

「昔風にいえば、硬派《こうは》というんだろうね。まあ、サッカーチーム全員が、硬派だったかも知れないな」

「そういえば、あいつは、あの通りの二枚目だから、よくもてたのに、サッカーに夢中で、女には、見向きもしなかったじゃないか。あれも、おやじさんにいわれた男らしい男になろうと思っていたからかも知れないな」

「政治家になったのは、おやじに期待されていたから、親孝行のつもりだったのかな？」

「いや、あいつ自身、政治が好きなんだと思うね。大学時代から、人に命令するのが好きだったし、日本を動かしたいなんて、いっていたからね」

「卒業してからは、大学時代の反動で、大いに遊んだということも、聞いたことがある」

「何処《どこ》かの社長令嬢と、婚約したと聞いたけど、それは、いわゆる政略結婚というやつじゃないの？　権力と、財力との結婚というやつさ」

「大学時代の正義感も、政治家になると、現実的になるということかね」

「それでも、今の政治家の中じゃあ、あいつは、若いだけに、期待できるよ」

そんな言葉を、彼等から聞くことが出来た。おおむね、好意的だった。

ただ、サッカー部でなかった杉本という同窓生は、なぜか栗山のことは、話したくないといった。

十津川は、サッカー部の仲間の話よりも、この杉本という男に、興味を持った。

いったん断られたのに、十津川は、もう一度、杉本を、自宅マンションに、訪ねて、ぜひ、栗山貢の思い出を、話して欲しいと、頼んだ。

まだ独身だという杉本は、眉をひそめて、

「僕は、話したくないと、いった筈《はず》ですよ」

「それなら、話したくない理由を、教えて下さい」

と、十津川は、いった。

「なぜ、そんなことを、聞きたいんですか？」

「栗山貢という人間のことを、何でも、知りたいんですよ」

と、十津川は、いった。

「しかし、楽しい話じゃありませんよ。それに、僕の独断かも知れませんから」

杉本は、退《ひ》いたような眼をした。

「楽しくない話の方を、私は、信用することにしているんですよ」

と、十津川は、いった。

その言葉で、杉本は、少しは、気をゆるしたらしい。十津川を部屋にあげ、インスタントコーヒーをいれてくれた。

「杉本さんは、彼に、強い不信感を持っているみたいですね」

と、十津川は、コーヒーを口に運んでから、いってみた。

「不信感というより、嫌悪《けんお》感です」

と、杉本は、いう。

「具体的に、話してくれませんか。私が聞いたところでは、あなたは、高校から、彼と一緒だったそうですね？」

「そうです」

「それなら、彼とは、親友だったんじゃありませんか？」

「親友？」

「ええ。違うんですか？」

「親友だった時もあります」

杉本は、そんないい方をした。

「では、親友ではなくなった理由をきかせて下さい。彼に裏切られたんですか？」

と、十津川は、きいた。

杉本は、少しずつ、話す気になってきたらしく、

「大学三年の時、友人の一人が、自殺したんですよ」

と、いった。

「それが、栗山貢と関係があるんですか？」

「僕は、関係があると、思っています」

と、杉本は、いう。

「なぜ、そう思うんですか？」

「理由は、いえません」

「弱ったな。なぜ、いえないんですか？」

「それは、彼の名誉のためです」

「彼というのは、栗山貢のことではなく、自殺した友人のことですか？」

「もちろんです」

杉本は、きっぱり、いった。

「彼の名前は、教えて貰えませんか？」

と、十津川は、いった。

「駄目《だめ》です」

「しかし、もう十年以上、たっているんでしょう？　それでも、駄目ですか？」

「彼の自殺が、まだ、僕の気持の中で、整理できていないんです」

「栗山貢に対する怒りも消えていない？」

「ええ」

「しかし、大学時代のサッカー仲間に会いましたが、友人の自殺のことは、誰も、口にしませんでしたがね」

「それは、栗山への配慮もあるし、彼とのことで、自殺したとは、思っていないからだと思ってますよ」

と、杉本は、いった。

2

どうしても、その件について、杉本が話してくれないので、十津川は、自分で調べてみることにした。

十津川は、亀井と、彼等が卒業したS大に行き、当時の教授たちに会った。

そこでわかったのは、自殺した学生が、榊原久之《さかきばらひさゆき》という名前だということだった。自殺の原因は、ノイローゼだと、教授たちは、いった。

「非常に繊細《せんさい》な神経の持主でしたからね」

と、教授の一人が、いった。

「だから、自殺したというわけですか？」

と、十津川は、きいた。

「学生だって、社会の問題や、圧力が、かぶさってきますからね。それを、まともに受け止めていれば、神経の細かい人間は、ノイローゼになってきますよ」

「友人との問題で、ノイローゼになっていたとは、考えられませんか？」

「友人との問題というと、どういうことですか？」

「聞いているのは、こちらですよ」

「といわれても、それらしいことは、聞いていませんからね。新聞も、ノイローゼと、書いたんですよ」

「私たちは、別に、大学の責任だと、いっているわけじゃありませんよ」

と、十津川が、いったのは、教授たちが、それを気にして、口が重いのかと、思ったからである。

しかし、結果は、同じだった。ノイローゼによる自殺だと繰り返し、もう済んだことだと、主張した。

十津川と、亀井は、死んだ榊原の家を訪ねてみることにした。

榊原の家は、目黒駅の近くで、カメラ店をやっていた。

十津川たちは、共《とも》に六十歳を過ぎた父親と、母親に会った。

自殺した久之には、姉と妹がいて、二人とも、すでに、結婚していた。

奥の六畳に置かれた仏壇には、死んだ久之の写真が、飾られている。確かに、細面《ほそおもて》で、繊細な感じのする顔立ちだった。

「お二人には、辛《つら》いことでしょうが、息子さんが、亡くなった時の模様を、話して頂けませんか」

と、十津川は、写真を見ながら、いった。

両親は、しばらく黙っていたが、まず、父親の方が、

「あれは、二月の寒い日でしたよ。あの子が、なかなか起きて来ないので、部屋へ行ってみると、手首を切って、死んでいたんですよ。血が飛び散って、すごい有様《ありさま》でした」

「遺書は、あったんですか？」

と、亀井が、きいた。

「あれが、遺書と呼べるかどうか――」

「見せて貰えませんか」

と、十津川は、頼んだ。

母親が、父親と小声で話し合ってから、持ってきて、十津川の前に置いたのは、黄ばんだ封筒だった。表にも、裏にも、何の文字も書かれていない。

十津川は、中身の便箋《びんせん》を取り出した。こちらの便箋も、黄ばんでいて、十何年かの年月を、感じさせた。また、それを、大事にとってあるのは、初老になった両親の残念な気持を、示しているのだろう。

一枚の便箋に書かれてあるのは、確かに、意味のよくわからない言葉の羅列《られつ》だった。

ブルー、ブルー、裏切り、絶望、
死ぬべき人間、生きる価値がない。

約束、素敵で残酷な笑い、電話、電話、愛の言葉、憎しみの言葉。


「これを、間違いなく、息子さんが、書いたんですか？」

と、十津川は、両親を見た。

「久之の字です。机の上に、それが、のっていたんです。封筒に入れたのは、私です」

と、父親が、いった。

「ここに書かれている言葉に、何か思い当ることがありますか？」

「いや、ありません」

「誰かに、失恋したみたいにも見えるんですが、そんなことが、あったんですか？」

「わかりませんわ」

と、母親が、小さく首を振った。

「息子さんと、付き合っていた女性がいたということは、なかったんですか？」

亀井が、重ねてきくと、母親は、

「いたかも知れませんけど、あの子は、何も話してくれませんでしたから」

と、いう。

「これを、お預かりしていって、構いませんか？」

「どうされるんですか？」

「息子さんが、なぜ、自殺したのか、その理由を、知りたいと、思いましてね」

と、十津川は、いった。

「でも、あの子が死んだのは、十何年も前ですよ。それが、何かの事件に関係があるんでしょうか？」

父親は、不安げな眼で、十津川を見た。

「もちろん、息子さんが、何かの事件に関係があるということはありません。ご安心下さい。ただの参考です。亡くなったのは、大学三年の時でしたね？」

「ええ。四年に進む直前でした」

「学校の友人たちは、葬式に来ましたか？」

「ええ。沢山《たくさん》、来てくれましたよ」

「その中に、栗山貢という学生は、いましたか？」

と、十津川は、きいた。

「さあ、いたかも知れませんが、わかりませんね。来てくれた学生さんを、全部、覚えてはいませんから」

と、父親が、当惑した顔で、いった。確かに、そうかも知れないと、十津川は、思った。

「息子さんの日記とか、アルバムといったものは、残っていませんか？」

と、十津川は、きいてみた。

「それなんですけど、あの子は、全部、始末《しまつ》してから、死んだんですよ」

と、母親が、いった。

「始末というと、焼き捨てたんですか？」

「はい。あの子が、日記をつけていたのを知っていましたから、それを見れば、なぜ自殺したのか、わかると思って、探したんです。でも、見つかりませんでしたわ。あの子は、日記や、写真といったものを、全部、焼き捨ててしまっていたんです」

と、母親は、いった。

「なぜ、そんなことをしてから、自殺したんでしょうか？」

「わかりませんわ。よほど、辛いことがあって、それを、私たちにも、知られたくなかったんじゃないかと、思ったんですけれど――」

と、母親は、声を落した。

3

十津川は、借りた便箋一枚を持ち、亀井と別れて、ひとりだけで、再び、杉本を訪ねた。

「彼のことについては、話したくありませんよ」

と、いう杉本の前に、十津川は、黙って、榊原久之の遺書を、差し出した。

「何ですか？　これは」

と、杉本が、きく。

「彼の遺書ですよ」

「遺書があったんですか？」

杉本の眼が、大きく広がった。

「両親は、これが果して、遺書と呼べるかわからなかったし、書いてある言葉の意味もわからなかったので、誰にも、見せなかったんだと思いますよ。確かに、私にも、わかりません」

と、十津川は、いってから、じっと、杉本を見つめて、

「これに書かれてある言葉は、あなたなら、おわかりの筈ですね？」

「何故《なぜ》、僕にわかると、思うんですか？」

「わかるからこそ、彼の死に、栗山貢が、責任があると、いい切れるんじゃないんですか？」

と、十津川は、いった。

「榊原のことは、話したくないと、いった筈ですよ」

杉本は、かたくなに、いった。

「あなたは、栗山貢が、彼を自殺に追い込んだみたいないい方をしましたね。もし、それが事実なら、栗山は、今になって、また、同じ間違いを犯すかも知れませんよ」

と、十津川は、いった。

「同じ間違い？」

「そうです。それを防ぐには、ぜひ、あなたの協力が、必要です」

十津川の言葉に、杉本は、じっと考え込んでいたが、

「警部さんは、秘密が守れますか？」

「守れますよ」

「榊原は、繊細な詩を書いていました。あの頃、僕たちは、『幻視《げんし》』という詩のグループを作っていたんです。何人かいる同人の中で、彼が、一番、才能を持っていましたよ。僕は、彼の才能に、羨望《せんぼう》を感じていました。彼の詩人としての感覚に圧倒されていましたよ。ただ、彼は、天才的な詩人が、時に、持っている性癖《せいへき》を、持っていました。例えば、ベルレーヌとか、ジャン・コクトーみたいな」

「なるほど。同性愛？」

「そうです」

「しかし、それが、栗山貢とどういう関係があるんですか？」

と、十津川は、きいた。

「僕たちがやっていた『幻視』は、金がなかったんで、金持ちの同窓生から、カンパを仰《あお》ぐことにしたんです。それで、栗山に頼むことにしました。当時から、彼の家は、金持ちでしたからね。榊原が、栗山に、話しに行ったんです」

「それで？」

「栗山も、同じ性癖を持っていて、榊原を、口説《くど》いたんです。口のうまい栗山に、榊原は、負けて、恋人同士になりました。それどころか、榊原は、栗山に夢中になってしまったんです」

「しかし、男同士の愛でも、合意の上なら、構わないんじゃありませんか？」

と、十津川は、いった。

「もちろん、いいですよ。どんな形の愛であれ、真面目なものであれば、祝福するべきです」

「真面目ではなかった？」

「栗山はね。彼は、父親に注意されたとたんに、びくついてしまって、榊原を捨て、自分は、同性愛なんか、全く知らないみたいな顔をしたんですよ」

「なるほどね」

「純粋だった榊原は、絶望して、自殺してしまったんですよ。何も知らない周囲の人間は、ノイローゼからの自殺と、断定しました」

「その時、栗山は、どうしていたんですか？」

「自分には関係ないという顔をしていましたよ」

杉本は、吐き捨てるように、いった。

十津川は、例の便箋に眼をやって、

「それで、裏切り、絶望、というのは、わかりますが、ブルーというのは、どういうことですか？」

と、きいた。

「榊原は、『幻視』に、ブルー・ブルーという題で、詩を書きました。その中で、Kとの幸福な愛を、謳《うた》いあげていたんです。一番、幸福な時に書いた詩ですよ。素敵な詩でしたよ」

「それなら、わかります。死ぬべき人間とか、生きる価値がないというのは、どういうことなんでしょうか？」

「多分、変心した栗山は、それを謝るどころか、榊原に、罵声《ばせい》を浴びせかけたんじゃないかと思いますね。うすぎたないゲイとかいってです。栗山は、そういう男ですから。榊原は、打ちのめされ、栗山に対して怒るより、自分を、責めてしまったんじゃないかと、思うんです。それだけに、なおさら、僕は、腹が立つんですよ」

と、杉本は、いった。

「栗山貢には、本当に、同性愛の感情があったと思いますか？」

と、十津川は、きいた。

「なければ、榊原に、手を出したりはしないでしょう」

「しかし、彼は、最近、大会社の社長令嬢と、婚約したそうですよ」

「そういうことは、あるでしょうね」

と、杉本は、いってから、

「同性愛だろうが、異性愛だろうが、それを貫くためには、相当の覚悟が、必要でしょう？　違いますか？」

と、十津川を見つめた。

「そうだと思いますが――」

「栗山は、父親にいわれれば、男を捨て、政界で力を得るために、政略結婚だって、する男ですよ。彼は、男に対する愛も、女に対する愛も、都合で、平気で捨てられると思いますよ」

と、杉本は、いった。

十津川は、そんな杉本を、じっと見つめた。

（この男も、榊原久之を愛していたんじゃないのだろうか？　だからこそ、こんなに、熱っぽく、栗山の裏切りを非難しているのではないのか？）

だが、十津川は、それを、口に出しはしなかった。

十津川は、礼をいって、杉本のマンションを出た。

捜査本部に戻ると、亀井に、わかったことを伝えた。

「栗山貢に、そんな秘密が、あったんですか？」

と、亀井は、眼を輝かせた。

「だがね、カメさん。このことと、栗山貢が、殺人犯かどうかということとは、関係がないんだよ。今度の事件は、同性愛殺人事件じゃないからね」

と、十津川は、いった。

「それは、そうですが――」

「今度の事件の発端《ほったん》は、湯沢のマンションで、芸者の由美が、殺されていたことだ。この事件について、栗山貢に、同性愛の傾向があることは、容疑に結びついてはこないんだ。女嫌いだということになれば、むしろ、逆に、芸者には、手を出さないだろうということになってしまうんだ」

と、十津川は、いった。

「確かに、それは、そうですが――」

「とにかく、他の三人についても、詳しく調べてみようじゃないか。今のところ、栗山貢も、他の三人と、同列に、並んでいるだけだからね」

と、十津川は、いった。

十津川のいう三人とは、サン建設社長の奥寺祐介、同じサン建設の部長、新井功《いさお》、それに、M銀行の松本弘である。

いずれも、働き盛《ざか》りの男たちだから、準ミス駒子の由美に、関心を持ったとしても、不思議はない。

ヴィラ湯沢には、バブル崩壊で、まだ、売れない部屋があるし、宣伝用に、展示用のルームが、作られている。サン建設の社長や、部長は、その部屋のキーを、持っていても、おかしくはない。資金を出したM銀行の人間も同じだろう。

十一月十五日の夜、三人の中の一人が、ヴィラ湯沢に行き、由美を呼んだのかも知れない。

奥寺にしても、新井にしても、松本にしても、ヴィラ湯沢の建設について、若宮に、力を貸した男たちである。いわば、若宮が、恩義を感じていたに違いない人たちなのだ。とすれば、由美が、父親のことを考えて、呼ばれるままに、ヴィラ湯沢に行ったとしても、不思議はない。

十津川は、この三人についても、刑事たちに、性格や、女性関係、ふところ具合《ぐあい》などを、調べさせた。

奥寺は、三人の中では、最年長の六十歳だが、今のサン建設を、戦後、自分の力で作りあげただけに、ワンマンである。仕事上は、やり手で通っているが、女遊びも、派手だった。

バブルがはじけて、サン建設も、経営が悪化していて、その分、怒りっぽくなったという評判だった。それでも、タレントのパトロンは、やめようとしなかった。中谷博のことは、いぜんとして、可愛がっていたらしい。

新井は、サン建設では、エリートコースを、歩いている。奥寺社長にも、信用され、東日本関係の仕事を委《まか》されていた。ただ、妻のあや子とは、別居状態にある。理由は、新井の浮気だった。

M銀行の松本は、三人の中では、もっとも、サラリーマンらしいサラリーマンだった。妻子があり、家庭的な男という評判だが、それでも、若宮に対しては、特別に、融資《ゆうし》をし、どうやら、バックマージンを、受け取っていたらしい。ただ、証拠はないし、本人は、もちろん、否定していた。

「三人とも、ヴィラ湯沢の空《あき》部屋か、モデルルームを、自由に使えたと思います。サン建設社長の奥寺と、部長の新井は、当然ですが、M銀行の松本も、使いたいといえば、若宮が、手配したと思いますね」

と、亀井は、いった。

「準ミス駒子の芸者由美を抱きたくて、ヴィラ湯沢に、行き、彼女を呼び出すことが出来たというわけだな」

と、十津川は、いった。

「そうです」

「由美は、父親のことがあるので、会いに出かけたが、かたい女だから、迫られた時、拒否した。かッとなった相手は、首を絞めて殺し、死体を、沢木の部屋に押し込んだ？」

「そんなところだと思います」

と、亀井が、いった。

若い西本が、二人の間に、割り込む恰好《かっこう》で、

「疑問が一つありますが」

「何だね？」

と、十津川は、きいた。

「この三人に、栗山貢もですが、十一月十五日に、湯沢で、由美を殺せたとしても、十一月二十四日に、東京で、若宮を、殺せたでしょうか？　それと、十一月三十日に、中谷博と、とみ子を、湯沢で、心中に見せかけて、殺せたでしょうか？」

「確かに、それがあるね」

と、十津川は、肯《うなず》いた。

西本は、黒板に、十一月二十四日の四人のアリバイを、書き出していった。

「ごらんの通り、奥寺は、大阪で、この日、会議に出ています。新井功は、夜の十二時近くまで、銀座のクラブで、飲んでいます。松本は、一人娘の誕生日なので、家で過ごしたと、いっていますし、栗山貢は、オーストラリアに、婚前旅行中です」

「しかし、物理的に、全く不可能というわけではないだろう？　例えば、奥寺は、昼間の会議に出たあと、飛行機か新幹線で、東京に戻って、若宮を、殺すことは可能だ」

「確かに、そうなんですが、かなり、難しいですよ」

「では、十一月二十四日の事件と、三十日の事件について、この四人のアリバイを、徹底的に、調べてみよう」

と、十津川は、いった。

4

まず、栗山貢のアリバイが、確認された。オーストラリアのホテルに電話を入れて問い合せたところ、十一月二十四日には、間違いなく、フィアンセと二人、泊っていたというのである。

奥寺については、大阪府警に、調べて貰った。奥寺は、関西新空港建設についての会議に、建設業者の一人として、出席していた。その会議が終ったのが、午後四時。そのあと、飛行機か、新幹線で、東京に戻れば、午後九時から十時の間に、四谷で、若宮を殺すことは、可能である。

しかし、大阪府警が調べてくれたところでは、二十四日の午後四時に、会議が終ったあと、奥寺は、会議で知り合った大阪商工会議所の岩木工業社長と、夕食をとり、そのあと、北の新地《しんち》にあるクラブ「ありさ」で、飲んでいることが、わかった。奥寺を誘った岩木社長の証言もとれた。

新井功は、二十四日は、十二時近くまで、銀座のクラブ「ミラージュ」で、飲んでいたといっていた。

都の建設局の人間を、接待していたのだが、問題は、途中で抜け出し、車をとばして、四谷の現場を、往復したのではないかということだった。

刑事たちは、接待を受けていた二人の人間に、もう一度会って、細かく、聞いてみた。二人とも、新井は、ずっと一緒にいたと思うといったが、自信はなげだった。多分、酔っ払《ぱら》って、ホステスとのお喋《しゃべ》りに夢中だったのだろう。

結局、この日のアリバイは、不確かなままだったが、三十日の事件については、アリバイが、確認された。

この日の午後十時から十一時の間に、中谷ととみ子は、湯沢で、死んでいるのだが、この夜、新井は、午後六時に、赤坂の料亭で、得意先の部長と食事をし、そのあと、同じ赤坂のクラブで、飲んでいた。クラブに着いたのは、九時半頃で、十一時過ぎまで、飲んでいたことが、わかったのである。これでは、関越《かんえつ》自動車道を飛ばしても、湯沢で、中谷と、とみ子を心中に見せかけて、殺すことは、不可能である。

松本弘は、二十四日は、一人娘の誕生日だったので、銀行が、終ってから、新宿のデパートで、バースデイケーキを買い、成城《せいじょう》の自宅に帰ったと証言していた。帰宅した時刻は、午後七時半頃である。

妻と、九歳の娘は、間違いなく、帰宅したと証言していたが、これで、アリバイが、確認されたとはいえない。家族の証言だからだ。

ただ、松本の場合も、三十日のアリバイは、完全だった。この日、松本は、午後九時に帰宅したといっていたが、たまたま、小田急線の車内で、近所に住むサラリーマンと、一緒になった。このサラリーマンが、間違いなく、成城で降りたのは、午後九時過ぎだったと、証言したのである。

「難しくなったな」

と、十津川は、思わず、小さな溜息《ためいき》をもらした。

湯沢での由美殺しに始まって、東京での若宮の殺し、そして、また、湯沢での中谷と、とみ子の殺しは、全《すべ》て、関連があると、十津川は、思っている。

もう一つ、沢木の弁護士の安部が、死んでいるが、これは、殺人か、事故か、まだ、決めかねていた。

とにかく、前の三つの事件の一つでも、アリバイがあっては困るのだ。

「栗山政一郎を含めて、五人とも、シロになってしまいますよ」

と、亀井が、いまいましげに、いった。

「だが、彼等の中に、犯人は、いるさ」

十津川は、自分にいい聞かせるように、いった。

「五人が、共謀《きょうぼう》しているということは、ありませんかね？」

と、西本が、いった。

「共謀？」

「そうです。連中は、いろいろと、利害関係があって、つながっているわけですよ。政治家と、建設業者と、銀行家というのは、つながりやすいんじゃありませんか。そうだとすれば、助け合うことは、十分に考えられますよ」

と、西本は、いう。

「もう少し、具体的に、いってみたまえ」

と、十津川は、西本を見た。

「例えば、奥寺が、十一月十五日に、由美を殺してしまったと、します。それを、若宮や、とみ子に、知られた。奥寺は、助けを、栗山や、松本たちに、頼んだ。同じ穴のムジナみたいな連中ですから、誰かが、若宮を呼び出して、東京で殺し、他の人間が、とみ子を、中谷博との心中に見せかけて、湯沢で殺したんじゃないでしょうか？」

「なるほどね」

と、十津川は、肯いたが、亀井は、眉を寄せて、

「しかし、利害関係が一致しているといっても、いずれも、狐《きつね》と狸《たぬき》ですからね。そんな連中が、一致して、殺人をやるとは、思えませんがね。怖《こわ》くて、殺人を頼めないんじゃありませんか？」

と、いった。

「お互いを、信用できないか？」

「仕事の上では、協力できるでしょうし、現に、協力してきたようですが、人殺しは、別だと、思います」

「例えば、奥寺に頼まれても、他の四人が、若宮を殺したり、とみ子と中谷博を殺したりはしないだろうということだね？」

「そうです」

「君は、どう思うね？」

と、十津川は、西本に、きいた。

「確かに、カメさんのいう通りかも知れません。彼等は、利害関係だけで、つながってい

るんだと思います。上下関係もありますが、それでも、殺人を犯してまで、相手を助けるかどうかは、疑問にも、思えてきます。殺人を頼まれたら、どうしても、尻込みをしてしまうと、思います」

「莫大《ばくだい》な金を積まれたり、利益を約束されてもかね？」

と、十津川は、きいた。

西本は、そこで、考え込んでしまって、

「そうですねえ。億単位の金を積まれたりしたら、わからないかも知れませんね」

と、いった。

「そこを、調べたいね」

と、十津川は、いった。

「湯沢の事件のあと、彼等の間で、大きな金が動いたかどうかをですね」

と、亀井が、いう。

「そうだ。今もいったように、百万単位の金じゃない。億単位か、少なくても、五千万、六千万の金だと思う」

「調べてみましょう」

と、亀井は、いった。

翌日から、亀井たちは、内密に、奥寺たちの銀行預金などを、調べ始めた。

十一月十五日のあと、彼等が、大金を、銀行で、おろしていないかどうか、或《あ》るいは、彼等の口座に、大金が、振り込まれたことがなかったかということである。

調査は、難しかった。警察が、そんな調査をしているとわかれば、必ず、抗議してくるに違いなかったからだった。

彼等は、いずれも、有力者である。顧問弁護士を立ててくるだろうし、マスコミを、利用するかも知れない。彼等の容疑が、まだ、立証《りっしょう》されない今の段階では、抗議を受けた時、対抗できないのだ。

そのために、意外に時間が、かかってしまった。

そして、その結果も、芳《かんば》しいものではなかった。彼等の間で、十津川の期待したような大金は、動いていないことが、わかったのである。

もう一つ、十津川の予想が、裏切られることがあった。

今度の一連の事件で、五人の男女が、死んでいる。

沢木の顧問弁護士の安部の死は、他殺、事故死のどちらか判断がつきかねるが、中谷博と、とみ子の死は、心中に見せかけた殺人だと、確信している。四人は、間違いなく、殺されたのだ。

しかも、十一月十五日に、芸者の由美を殺したあと、それを、糊塗《こと》しようとして、若宮勇を殺し、さらに、中谷博と、とみ子を殺したのだと、十津川は、考えていた。

と、すれば、まだ、殺人は続くのではないか。次の殺人が、犯人を逮捕するチャンスになるのではないか。十津川には、そんな期待もあったのである。

しかし、湯沢で、中谷博と、とみ子が殺されたあと、ぴたりと、殺人は、止《や》んでしまった。

これも、十津川の予想に反していた。

栗山政一郎と、貢の父子は、政治に、専念している。

奥寺は、サン建設の社長として、関西新空港の受注部分の建設を、指揮している。

新井功は、サン建設の部長として、千葉に建設予定のデパートの受注に、動き廻っている。

松本弘は、M銀行の幹部として、バブルがはじけた今、銀行の体質改善に当っている。

誰もが、湯沢の事件など忘れてしまったように見えるのだ。

十二月十八日にもたれた捜査会議は、当然、重苦しいものになってしまった。

十津川としては、新潟県警の三浦警部にも、参加して貰い、意見を交換したかったのだが、やんわりと、拒否されてしまった。

県警は、芸者由美殺しの犯人は、沢木敬と断定し、安部の死は、事故死、中谷博ととみ子は、無理心中としているのだから、参加しないのも、当然かも知れなかった。

捜査本部長の三上も、不機嫌だった。

「結局、これこそ、容疑者というのは、浮んで来なかったということなのかね？」

　と、三上は、十津川に、きいた。

「栗山政一郎たち五人の中に、犯人がいるに違いないという考えは変りません」

　と、十津川は、いった。

「しかし、誰一人、逮捕できるだけの証拠は、見つからなかったんじゃないのかね？　一ヶ月近く、捜査を続けてだ」

「申しわけありません」

「捜査方針が、根本的に、間違っているということはないのかね。今度の事件は、十一月十五日に、湯沢のマンションで、芸者が殺されたことに始まっている。県警は、犯人として、沢木敬を逮捕したが、この男は、十津川君、君の友人なんだろう？」

「そうです。大学が一緒でした」

「それで、君は、無理にも、この男が、シロだと思い込みたいんじゃないのかね？　犯人は絶対に、別にいるという前提に立って、捜査方針を立ててしまっているんじゃないのかね？」

　と、三上は、いった。

「そんなことは、ありません」

「しかしねえ。東京で、若宮勇が殺された時、君は、湯沢で、芸者を殺したのと同一犯人だと、頭から、決めつけてしまったんじゃないのかね？　それなら、当然、君の友人は、シロということになるからだ。そのあと、君は、同じ方針で突っ走っている。当然、中谷博ととみ子の死も、殺人で、同一犯人ということになってしまう。そして、壁にぶつかってしまった。若宮が殺された時、芸者由美殺しと、別の犯人という考えは、持てなかったのかね？　中谷博と、とみ子の死だって、無理心中かも知れんじゃないか」

三上は、怒ったような顔で、いった。

それに対して、十津川が、反論しかけると、それを、押しのけるように、

「君のいう五人に、アリバイがあったりして、壁にぶつかってしまったのは、その証拠じゃないのかね？　どうなんだ？」

「壁にぶつかったのは事実ですが、必ず、この壁は、破れると確信しています。もう少し、このまま、捜査を、続けさせて下さい」

と、十津川は、いった。

「しかし、今日は、十二月十八日だよ。下手《へた》をすれば、年を越してしまうんだ」

「わかっています」

「年を越しても、壁にぶつかったままだったら、責任問題になってくる」

「覚悟はしています」

と、十津川は、いった。

三上は、苦い顔で、

「君だけの責任じゃすまんよ。私だって、本部長としての責任が、問われるんだ。このま、年を越すことは、許さん。それだけは、胸に叩き込んでおきたまえ」

と、いった。

5

重苦しいまま、捜査会議は、終ってしまった。

「申しわけありません。私たちの努力が足らなくて」

と、亀井が、十津川に、頭を下げた。

十津川は、手を振って、

「カメさんたちのせいじゃない。私が、頭が悪いのさ」

「しかし、なぜ、突破口《とっぱこう》が、開けないんでしょうか？　それが、不思議で仕方ありません」

「少し、散歩しようか？」

「いいですね」

と、亀井も、肯いた。

二人は、警視庁を出ると、半蔵門《はんぞうもん》の方向に、歩いて行った。

十二月中旬だが、風のない、暖かい日だった。

二人は、しばらくの間、黙って歩いた。

半蔵門に着くと、お濠端《ほりばた》を、ゆっくりと、千鳥《ちどり》ケ淵《ふち》の方向へ、降りて行った。

「壁にぶつかったのは、今度の事件の動機のせいじゃないかな」

と、歩きながら、十津川が、いった。

「動機ですか？」

「ああ、普通の事件では、殺人があって、それによって、一番トクをする人間が、犯人ということになってくる」

「そうです」

「ところが、今度の事件では、最初、芸者の由美が、殺されているが、これは、最初から、殺そうと思ったのではなく、何かの拍子《ひょうし》で、殺してしまったのだろうと、私は、思っている」

「同感です」

「とすると、この殺人では、由美を殺して、一番トクをする人間という図式は、当てはまらない」

「ええ」

「当然、そのあとに続いておきた殺人も、同じことになってくる」

「そうです」

「ああ。当り前の話なんだが、そのことが、今度の事件を、難しくしてしまっているのかも知れない。つまり、次々に、人が殺されていくので、次第に、犯人が、浮びあがってくると期待していたんだが、今度の事件では、最初の事件の犯人が見つからないと、あとの事件も、読めないということなんだよ」

と、十津川は、いった。

「それについて、私の考えをいって、いいですか？」

と、亀井が、いった。

「どんどん、カメさんの意見をいってくれ。それが聞きたくて、散歩に、誘ったんだからら」

と、十津川は、促《うなが》した。

「問題は、最初の事件だということで、私も、賛成なんです。ただ、今までの考えに、ちょっと、疑問がわいて来たんですが」

「それを、ぜひ、聞きたいね」

「犯人は、ヴィラ湯沢へやって来て、芸者の由美を呼んだ。彼女は、父親の若宮の大事な人だというので、ひとりで、ヴィラ湯沢へ出かけたが、呼んだ方は、簡単に抱く気でいたのに、抵抗され、かッとして、殺してしまった。そう考えられてきたんですが――」

「違うんじゃないかということかね？」

「今、容疑者は、五人いますが、いずれも、責任のある地位にいる人たちです。二人は、政治家、あとの三人は、大手の建設会社の社長と、部長、そして、大銀行の部長です。芸者が、簡単にいうことを聞かなかったからといって、かッとして殺すものでしょうか？」

と、亀井は、疑問を、いった。

「確かに、その通りかも知れないね」

と、十津川も、肯いた。

「それに、由美の方も、外見に似合わず、古風で、律義《りちぎ》な性格だといわれています。相手が、どんな態度に出たとしても、相手を怒らせるようなことを、口にするとは、思えないのです」

と、亀井は、いった。

「確かに、その通りなんだがね。そうなると、由美が、殺されなくなってしまうよ。だが、現実に殺されているんだ」

と、十津川は、いった。

彼は、立ち止って、煙草に火をつけた。二人の横を、ジョギングの一団が、走り抜けて行った。

「そろそろ、戻ろう」

と、十津川は間を置いて、いった。

6

二十日の朝刊に、小さな記事が、のった。「政界往来」と題されたコーナーである。

〈十九日の午後二時から、新潟市内のKホールで、栗山政一郎氏の六十三歳の誕生祝いが、開かれた。席上、栗山氏は、再来年の参院選では、小田研一氏を、推薦すると、発表した。小田氏は、三十九歳。現在、栗山氏の秘書をしている〉

普段の十津川なら、きっと、見逃していたに違いない。

事件のことで、頭が一杯だったから、この小さな記事の「栗山政一郎」という名前に、引っかかったのである。それに、小田という秘書にも、十津川は、会っている。

十津川は、早速《さっそく》、友人で、中央新聞社会部にいる田口に、会った。

十津川が、新聞を見せると、田口は、

「これのどこが、おかしいんだ？」

「どういう事情で、栗山政一郎が、こんな話を持ち出したのか、知りたいんだよ」

と、きき返した。

「参院選が、再来年の年明け早々にあるから、今から、候補者選びが始まるんだ。栗山は、派閥の幹部だから、その責任がある。新潟地方区に、自分の息のかかった候補を出したいというので、秘書の小田研一を、推薦することにしたということだよ。昨日は、もちろん、小田を連れて行って、後援会の人たちに、紹介しているよ」

と、十津川は、いった。

「小田が、当選する確率は、高いのかね？」

と、田口は、いった。

「まあ、栗山が推薦しているから、党の公認は取れるだろうし、栗山の地盤が、しっかりしているから、多分、当選するよ」

と、十津川は、いった。

「栗山は、秘書を何人も、使っている筈だよね？」

「九人以上は、いる筈だよ」

「その中で、小田は、一番古株なのかね？」

と、十津川は、きいた。

「いや、もっと、古いのが、いる筈だよ」

「それなのに、なぜ、小田研一を、推薦したんだろう？」

「それは、栗山政一郎に、聞いてみないと、わからないな。役人出身といっても、他にも、同じような経歴の秘書は、何人もいるからね」

「新潟出身が、小田一人だったということは？」

と、十津川は、きいた。

「いや、栗山は、地元の人間を、沢山秘書に採《と》っているから、他にも、新潟出身の秘書は、何人もいる筈だよ」

「面白いね」

と、十津川は、いった。

「何が、面白いんだ？」

「栗山政一郎が、小田研一を、次の参院選の候補に推薦した理由さ」

「単なる気まぐれかも知れんし、特別に、気に入っていたのかも知れんよ」

と、田口は、いった。

「それとも、栗山政一郎が、小田研一に、何か借りがあったのか」

と、十津川は、いった。

「何か、摑《つか》んでいるのか？」

田口が、眼を光らせて、十津川を見た。

十津川は、首を横に振った。

「別に、何も摑んでいないが、政界の重鎮というのは、どんな基準で、自分の息のかかった人間を、政界入りさせるのかと思ってね」

「普通は、自分の息子を、政界入りさせるんだが、栗山政一郎の場合は、すでに、息子の貢は、衆議院に入っているからね。あとは、秘書ということになってくるんだ」

と、田口は、いった。

「秘書の方も、そのつもりでいるわけだろう？」

「そうだよ。この先生についていれば、いつか政界入りが出来ると思い、先生の無理難題を、じっと、我慢しているわけだよ」

と、田口は、いった。

「そういえば、時々、秘書が、自殺したりするね」

「時には、議員先生を守るために、秘書が、自殺までしなければならないわけだよ。その代り、先生の方も、何とか、秘書に、報いようとするのさ」

「今度の小田秘書のように、推薦されて、政界入りするわけだね」

「ああ、そうだ」

と、田口は、肯いた。

十津川は、田口と別れて、捜査本部に戻ると、亀井たちを集めて、

「この小田研一という男のことを、詳しく、調べて貰いたい。今度、栗山政一郎が、自分の秘書の小田を、再来年の年明け早々の参院選に、候補として、推薦すると決めた。何人もいる秘書の中で、なぜ、小田にしたのか、その理由が、知りたいんだよ」

「そのことと、一連の事件は、何か関係があると、お考えですか？」

と、亀井が、きいた。

「それはわからない。とにかく、例の五人の中で、変った行動をとったとなると、このことしかないんだよ」

と、十津川は、いった。

第六章　過去への追跡

1

十津川は、小田研一という男に、とことん、拘泥《こだ》わることにした。

現在、捜査は、壁にぶつかり、他に、手掛かりらしきものが、見つからなかったからである。

小田が、新潟から、東京に帰って来ていると聞いて、十津川は、亀井と二人、会いに出かけた。前に会った時には、単なる栗山政一郎の秘書としてだった。今日は、参院選の候補として、会うのである。

そう思って、見るせいか、今日の小田は、自信に満ち、顔が、輝いて見えた。

「新潟から、お帰りになったばかりなのに、申しわけありません」

と、十津川は、まず、いった。

小田は、笑顔になって、

「とにかく、私は、新人もいいところですから、地元の方々に、顔と、名前を、まず、覚えて貰《もら》わなければなりません。事前運動にならないように、気をつけながら、皆さんが、いったい、今の政治に、何を求めているか、それを、聞いて廻っています」

「それで、何かわかりましたか？」

「何よりも強く感じたのは、皆さんが、政治の転換を求めているということですね。新しさを、求めています。私は、経験は少ないが、若さと、実行力はある。それを考えるとお役に立つ余地は、十分にあると、自信を持って帰ってきましたね」

と、小田は、いった。

「こんなことをいっては、失礼かも知れませんが、何人もいる秘書の中から、比較的若い小田さんを、なぜ、栗山政一郎さんが、推薦したんでしょうか？　何か、特別の事由《じゆう》があったんですか？」

「いや、私にもわかりませんね」

「栗山さんに、お聞きになりましたか？」

と、亀井が、きくと、小田は、笑って、

「そりゃあ、ききましたよ」

「それで、栗山さんは、何といわれましたか？」

「余計なことをきくな、と、一喝《いっかつ》されましたね」

「栗山貢《みつぐ》さんのことを、どう思いますか？」

と、十津川は、きいた。

小田は、「え？」と、聞き返してから、

「若先生の秘書をしたことは、ありませんから」

「そうでしょうね」

「なぜ、若先生のことを？」

小田は、眉をひそめて、十津川を見た。

「栗山貢さんとは、年齢が近いから、気が合って、いろいろと、話していらっしゃるんじゃないかと、思いましてね」

と、十津川は、いった。

小田は、きッとした顔になって、

「私は、栗山政一郎先生の秘書ですよ。それに、若先生には、別に、秘書の皆さんがついています」

「わかりました。失礼しました」

と、十津川は、いった。小田の反応が、予想以上に、きつかったからである。

何か、気まずい空気になってしまって、十津川は、早々に、亀井を促《うなが》して、小田のマンションを、後にした。

「次は、深谷という男に会ってみよう」

と、車に戻ったところで、十津川が、亀井に、いった。

「何者ですか？」

「栗山政一郎の秘書の一人で、昨日《きのう》、突然、辞《や》めた男だよ」

と、十津川は、いった。

「何か、不満があって、辞めたんでしょうか？」

「そうなら、何か、面白いことが、聞けるかも知れないと、思ってね」

と、十津川は、いった。

深谷は、渋谷の自宅で、旅行の支度をしていた。

十津川と、亀井が訪れると、その支度を、妻に委《まか》せて、二人を、近くの喫茶店に、案内した。

深谷の年齢は、五十二、三歳だろう。

「ご旅行ですか？」

と、十津川が、きくと、

「単身赴任ですよ」

「と、いうと、秘書を辞めて、どこかの会社に、就職されたんですか？」

「新潟にある運送会社で、働くことになりました」

と、深谷はいい、新しく作った名刺をくれた。

〈T運送株式会社　副社長　深谷信之〉

と、なっていた。

「副社長ですか。おめでとうございます」

と、十津川が、いうと、深谷は、笑って、

「なに、運送屋のおやじですよ」

「どういうご関係なんですか？　この会社と」

「おやじさんの推薦ですよ」

「おやじさんというと、栗山政一郎さんですか？」

「そうです」

「なぜ、栗山さんは、深谷さんを、推薦したんでしょうね？　前から、深谷さんが、希望していたんですか？」

と、十津川が、きくと、深谷は、首を小さく横に振って、

「いや、おやじさんが、申しわけないといって、T運送の副社長に、推薦してくれたんですよ」

「申しわけない？　ああ、あなたより若い小田さんを、次の参院選の候補に推薦してしまったので、それでということですか？」

「まあ、そんなところです」

「なぜ、栗山さんは、若い小田さんを、推薦したんですかね？　あなたのような、立派な方がいるのに」

「それは、わかりませんが、おやじさんは、こういってくれました。おれは、君を、推薦するつもりでいたが、後援会の連中が、次の選挙では、どうしても、若い候補者を推薦してくれというので、仕方なく、小田君を推《お》した。しかし、本当に、推したかったのは、君だ。申しわけないので、君を、T運送の副社長に、推薦する。二、三年、地元で働いて、顔を知られるようになってくれれば、次は、安心して、君を、推すことができるといわれましてね」

　と、深谷は、いった。

「小田さんですが、栗山貢さんとは、親しくなかったんですかね？」

　と、十津川は、深谷にも、きいてみた。

　深谷は、笑って、

「それは、ありませんね。小田君は、おやじさんの秘書なんだから」

「しかし、栗山貢さんは、栗山政一郎さんの息子さんですからね」

と、十津川が、いうと、深谷は、また、笑って、

「貢さんの方にも、ちゃんと、秘書団がついていますよ。第一、政治家の秘書というのは、忙しくて、かけ持ちなんか出来ませんよ」

「そんなものですか」

「ええ」

「政治家と、秘書というのは、一心同体と聞いたことがありますが、その通りですか?」

と、亀井が、きいた。

深谷は、肯《うなず》いて、

「そうですねえ。そうでなければ、勤まりませんよ」

「よく、政治家の秘密を守って、秘書が、自殺したりしますが、秘書というのは、そこまで、政治家に、尽くすものですか?」

と、亀井が、きくと、深谷は、当惑の表情になって、

「そういうことは、お答えしかねますね」

と、いった。

2

捜査本部に帰ってから、十津川は、小田と深谷の話を、思い返した。

二人に会って、わかったのは、栗山政一郎の秘書の中《うち》、彼が、第一に、候補として推そうと考えていたのは、年長の深谷だったらしいということ、それを、若い小田研一を、推したために、深谷に悪いと思い、彼を、自分のよく知っている新潟のT運送の副社長に推薦したらしいということである。

T運送は、多分、栗山が、政治力を発揮して、仕事を与え、大きく育てた会社だろう。

しかし、今は、そんなことは、問題ではなかった。

問題は、小田が、なぜ、深谷を差しおいて、次の参院選の候補として、栗山政一郎に、推薦されたかということなのだ。

深谷が、当の栗山に問いただしたところ、後援会に、次の参院選には、ぜひ、若い人をといわれたので、止《や》むを得ず、若い小田を、推薦したと答えたという。

十津川が、改めて、栗山に聞いても、きっと、同じ返事が返ってくるだろう。

「栗山政一郎の後援会に、聞いてみますか？」

と、亀井が、いった。

十津川は、新潟県警に電話をかけ、栗山の後援会に、当って貰うことにした。

その結果は、ファクシミリで、報告されてきたが、後援会の責任者の談話は、次のようなものだった。

〈現在、世界中の政治が、激しく動いている。日本の政治も、当然、変らなければならない。その一つが、若返りである。それを考え、今回、栗山先生には、次の参院選には、若い、溌剌《はつらつ》とした人材を、推薦して下さるようにお願いした。その結果、三十代の小田研一氏を、候補に出来たことに、われわれは、満足している〉

「予想された通りだね」

と、十津川は、いった。

「そうですね。栗山政一郎に反対するような後援会は、あり得ないでしょう。栗山の存在は、後援会の人間にとって、神様みたいなものだと思いますからね」

と、亀井は、いった。

「だろうね。栗山のおかげで、新潟の一部の人間は、利益を得ている筈《はず》だからね」

「とすると、この報告は、信用できませんね」

と、亀井が、いう。

「ああ。多分、後援会の要請というのは、嘘だ。後援会の中には、建設業者が多い。若宮勇のようにね。連中が、栗山政一郎を、後援し、選挙の時に、献金するのは、栗山が、国の建設事業を、持ってきてくれるからだ。それなら、若くて、妙な正義感の持主より、物わかりのいい、中年の候補者の方が、いい筈だからね。連中が、若い候補者をというとは思えないから、小田研一は、栗山が、勝手に、推したと見ていいだろう」

「それは、やはり、小田に、恩があるからですね？」

と、亀井が、十津川を見る。

「他に、考えようがない」

と、十津川は、いった。

「小田に、若宮を、殺させたと、警部は、お考えですか？」

亀井の質問が、核心に触れてきた。

「若宮勇殺しについて、われわれが、マークした連中は、アリバイがあった。それが、作られたアリバイでないとすれば、共犯者が、いたことになる」

「その共犯者が、小田研一ということですか？」

「彼なら、おかしくはない」

「とすると、ヴィラ湯沢で、芸者の由美を殺したのは、栗山政一郎ということですか？」

「いや、彼じゃないね」

「由美は、海千山千の男だ。彼なら、由美を殺すようなバカな真似《まね》はしないだろう。由美にふられたにしても、かッとして、首を絞めたりはしない筈だ。かッとしても、その場は、こらえて、陰険な復讐をすると、私は、思うね」

と、十津川は、いった。

「残るのは、息子の貢、M銀行の人間や、サン建設の社長たちということになりますが」

「M銀行の松本元支店長や、サン建設の奥寺社長、或《あ》るいは、新井部長が、由美を殺したのだとして、果して、栗山が、必死で、助けるだろうか？　栗山と、連中との結びつきは、利害関係だ。そんな男たちなら、栗山は、冷酷に突き放すと思うのだよ」

「なるほど」

「栗山政一郎は、実力者だ。ボスだ。彼と関係を持ちたいと思っている建設業界の人間は、いくらでも、いる筈だ。銀行関係者もね。サン建設や、M銀行を、切り捨てたって、栗山には、何のマイナスにもならない。むしろ、より一層の献金をしてくる業者や、銀行は、ある筈だ。だから、この二つに対して、栗山が、尻ぬぐいをしてやったとは、考えにくい」

「残るのは、息子の貢だけですね？」

「そうだ。一人息子の栗山貢だけは、かけがえがない。また、若い貢なら、かッとして、由美を殺すことだって、あり得た筈だ」

と、十津川は、いった。

「栗山は、苦境に立たされた一人息子を助けようとして、小田研一に頼み、邪魔な若宮勇を、東京で、殺したということになりますか？」

と、亀井が、きく。

「私は、そう考えている。多分、そこまでいく経過というのは、こんなものだったんだろうと思う。栗山貢は、十一月十五日に、ヴィラ湯沢に行き、父が持っている部屋に、芸者の由美を呼んだ。そして、何が二人の間にあったのかわからないが、貢は、かッとして、彼女を殺してしまった。父親に、相談しようとしたが、政一郎は、K産業の社長と、一緒に、銀座に出ていて、留守だった。そこで、仕方なく、若宮勇に、相談した。驚いた若宮は、とにかく、由美の死体を、ヴィラ湯沢の別の部屋に移した。それが、たまたま、私の友人の沢木の部屋だったというわけだよ」

「貢は、由美の本当の父親が、若宮勇だと、知っていたんでしょうか？」

と、亀井が、当然の質問をした。

「父親の政一郎は、恐らく、そのことを、知っていたと思うね。だが、息子の貢は、どうかな。私は、知らなかったので、若宮に頼んだんじゃないかと、思うね」

と、十津川は、いった。

「若宮とすれば、複雑だったでしょうね？」

「もちろん、そうだろう。栗山政一郎にしても、同じだったと思う。息子から、由美を殺してしまい、その始末を、若宮勇に頼んだと聞かされた時は、まずいことをしてくれたと、舌打ちしたと思うね。だが、出来てしまったことは、仕方がない。政一郎にしてみれば、これを、何とか、後くされのないように、しておかなければならなかった」

「――」

「問題は、若宮勇だ。彼は、貢に頼まれて、由美の死体を、運んでくれたが、何といっても、彼女の本当の父親だ。いつ、気が変って、娘を殺した貢に対して、怒りを、向けてくるかわからない。そうなれば、貢だけでなく、政一郎自身も、信用を失ってしまうだろう。息子の不始末の責任を背負って、政界から引退しなければ、ならなくなるかも知れない。そこで、政一郎は、今の中《うち》に、若宮を始末しなければならないと、考えたんだろう」

「そこで、小田の出番ということになるわけですか？」

と、亀井が、きいた。

「政一郎が、一番信頼していたのは、秘書たちだったと思う。秘書が、政治家の秘密を守って、しばしば、自殺する世の中だからね。彼は、若い小田研一に、眼をつけた。政界入りに、野心満々な小田を、次の参院選に、推薦すると約束して、小田に、若宮殺しを、指示したんだと思う」

「十一月二十四日でしたね」

「興味があるのは、この時の栗山貢のアリバイだよ」

「関係者の中で、一番、強力なアリバイを、持っていますね。何しろ、前日の二十三日から、フィアンセとオーストラリアへ、旅行に出かけています」

「貢には、何としてでも、強固なアリバイを、作らせておきたかったんだよ。それは、つまり、政一郎が、由美を殺したのが、息子の貢と知っていたからだ」

「警察は、当然、由美殺しについて、貢を疑う。彼女の父親の若宮勇が、殺されれば、貢が、口を封じたと、疑いますからね。同一犯人の連続殺人だと」

「そうだ。だから、貢には、フィアンセと、オーストラリアへ行かせたんだ。これ以上、強力なアリバイは、ないと、思ったんだろう」

と、十津川は、いった。

3

「そうしておいて、秘書の小田に、若宮勇を、殺させたわけですね？」

「若宮にしてみれば、小田のことは、よく知っているから、安心して、会ったんだと思うね」

「若宮は、栗山貢に対して、恩を売っていたわけですからね。貢のために、死体の始末をしてやったということは、父親の政一郎に対しても、恩を売ったということでしょう」

「ところが、その恩を売ったことが、殺される原因になってしまったんだ」

と、十津川は、いった。

「若宮勇は、どうして、東京にやって来たんでしょうか?」

「もちろん、栗山政一郎が、呼び出したんだと思うよ。何といって、呼び出したのかは、わからない。息子が世話になった、そのお礼をしたいとでも、いったんじゃないかね。若宮にしてみれば、また、仕事のことで、便宜《べんぎ》を図ってくれるんじゃないかと思い、上京した。そんなところだと、私は、思っているんだがね」

と、十津川は、いった。

「湯沢での、中谷博と、とみ子の死ですが、これも、政一郎が、小田にやらせたと、思われますか?」

亀井が、きいた。

そこまで、迷いなく喋《しゃべ》っていた十津川が、急に、難しい顔になってしまった。

「由美を殺したのが、政一郎なら、この二人を心中に見せかけて殺したのは、小田研一だと、思うんだがね」

と、十津川は、いった。

「由美殺しが、息子の貢だと、違って来ますか？」

「ああ、違ってくる。父親の政一郎にはない要素が、息子の貢には、あるからね」

と、十津川は、いった。

一瞬、亀井は「え？」という顔になったが、すぐ、

「ああ、彼の性癖のことですね？」

「そうだ。それが、今度の事件に、何か微妙な影を落しているのかも知れない。そんな気がして仕方がないんだよ」

と、十津川は、いった。

「しかし、栗山貢は、フィアンセと、十一月二十三日から、オーストラリアへ、婚前旅行に、出かけていますよ」

と、亀井は、いった。

「そのオーストラリア行のことを、詳しく、調べたいね」

「やりましょう」

と、亀井は、張り切って、いった。

亀井は、西本刑事たちと、栗山貢のオーストラリア行を、調べることにした。

この旅行には、婚約者の車田工業社長の娘、貴美子が、同行している。

貴美子は、二十六歳。大学時代に、ミス・ジャパンに選ばれたことがあり、卒業後は、

父である車田工業社長の秘書をしていた。いわゆる才色兼備《さいしょくけんび》の令嬢というわけである。

亀井と、西本が、オーストラリア旅行のことを聞きに、社長宅を訪ねると、彼女は、アメリカへ行って、留守だった。

応対に出たのは、母親の安子だったが、なぜか、オーストラリア旅行のことには触れたがらず、

「今は、楽しく、アメリカで過ごしておりますから」

と、いう。

「アメリカには、いつ頃まで、行っていらっしゃるんですか？」

と、亀井は、きいた。

「それは、ちょっと、わかりませんわ。貴美子が、気に入れば、長くなると思いますけど」

と、安子は、いった。

「しかし、近々、栗山貢さんとの結婚が、あるように、聞いていますが」

「それは、まだ、決っていないことですから」

「オーストラリアに、婚前旅行に行かれたんじゃありませんか？」

と、西本が、きくと、安子は、眉をひそめて、

「それは、何かの間違いだと思いますわ」

「間違いというのは、どういうことですか？」

「たまたま、向うで、一緒になったということですわ。貴美子は、前に、栗山さんに、お会いしたことがあったので、一緒に、オーストラリアを、見て歩いたとは、申しておりますけど、婚前旅行なんかでは、ありません。どなたかが、勝手に、憶測《おくそく》で、そんな風にいわれているので、迷惑しておりますわ」

「では、婚約したことも、ないわけですか？」

と、亀井は、きいた。

「ええ。もちろん」

と、安子は、いう。

「そうですか。オーストラリアでは、偶然、会ったということですか」

「ええ。それは、栗山さんにも、お聞きになって下さい。婚約なんか、しておりませんから」

と、安子は、いった。

亀井と、西本は、その足で、議員会館に、栗山貢を訪ねて、同じことを、聞いてみた。

貢は、笑いながら、

「確かに、あれは、婚前旅行じゃありませんでしたね。たまたま、成田で一緒になりましてね。一部の週刊誌の記者が、婚前旅行といったのを、いちいち訂正するのも面倒なので、そのままにしておいたんです」

「しかし、栗山さん自身から、婚前旅行ということを、聞きましたがね」

と、亀井は、いった。

「そうですか。それなら、改めて、訂正させて下さい。向うの娘さんに迷惑をかけたかも知れませんね」

と、貢は、いった。

「それでは、婚約していたこともないというわけですか？」

と、亀井が、きいた。

「親しくつき合っては、いましたがね」

「しかし、フィアンセといわれていたじゃありませんか？」

と、亀井が、なじるように、いった。

貢は、また、笑って、

「とにかく、貴美子さんは、あの通りの美人だし、私も、結婚するなら、彼女のような女性と、いつも考えていたものですからね。つい、フィアンセと、いってしまったんだと思います。父によく注意されるんですよ、お前は、思い込みが強過ぎると」

「オーストラリアで、同じホテルに泊られたのは？」

「それも、偶然ですよ」

「思い込みといわれましたが、今でも、貴美子さんと結婚したいと、思っておられるんですか？」

と、亀井は、きいた。

「ええ。今でも、私の理想のタイプですからね」

「貴美子さんは、今、アメリカですが、ご存知ですか？」

「そうなんですか。私も、アメリカへ行こうと思っているんですよ。アメリカの新政権の政策を知りたいですからね。しかし、今、行くと、また、婚前旅行と、書かれるかも知れませんね」

と、いって、貢は、笑い声をあげた。

4

亀井は、捜査本部に戻ると、

「どうも、妙な具合です」

と、十津川に、報告した。

「妙な具合というと？」

「前には、あれは、婚前旅行だといっていたのに、今日は、違うといっています。彼女は、アメリカへ行ってしまい、気に入れば、しばらく帰国しないそうです」

「なるほどね」

「婚約もしていなかったと、いっています。両方ともです」

「婚約はしていたが、それを、解消したということなんじゃないのかね」

「私も、そう思います」

「両方に、傷がつかないようにということで、婚約もなかったことにしたいわけか」

「婚約解消となれば、その理由を、いろいろと、詮索《せんさく》されるからでしょう」

と、亀井は、いった。

「われわれの推測が、当っていたということになりそうだね」

「そうです」

「最近は、ゲイであることを、堂々という人も出てきているし、同性愛も、市民権を得てきているというが、政治家としては、まだ、命取りになりかねないということかね」

と、十津川は、いった。

特に、地方を基盤にしている栗山貢にとって、支持を失う恐れがあったと、みていいのではないか。

父親の政一郎も、それを心配して、車田工業の社長の娘と婚約させたに違いない。貢が、同性愛者だという噂《うわさ》を、打ち消すためにである。

それに、若宮勇の口を封じるに当って、貢にアリバイを作らせておくためもあって、貴美子と、オーストラリアに、婚前旅行に、行かせたに違いない。

アリバイ作りは、成功した。だが、婚前旅行の方は、失敗し、フィアンセの貴美子は、アメリカに逃げ、婚約は、最初から、なかったということにされた。

「栗山貢という男は、どういう人間だと思う？」

と、十津川は、亀井に、きいた。

「それは、警部の方が、よく、摑《つか》んでおられるんじゃありませんか」

「カメさんの意見を聞きたいんだよ」

「そうですねえ」

と、亀井は、考え込んでいたが、

「頭の良さそうな顔をしていますね。どうも、私の苦手な種類の男です」

「ハンサムで、頭もいいか」

「それに、金も、地位もあります。そして、野心家です。まあ、自然に、野心家に、なるでしょうが」

と、亀井は、いった。

「一昨日《おととい》だったかな。彼が、テレビに出ていた。政界再編について、若手の代議士の一人として、喋っていた」

「どうでした？」

「確かに、頭はいいみたいだね。ただ、父親の威光があるせいか、傲慢《ごうまん》な感じがしたね。口調は、丁寧だが、話相手を、馬鹿にしたようなところが、感じられたよ」

「同感ですね。きっと、子供の時から、何一つ、挫折《ざせつ》を味わわずに、今日まで、来たんじゃありませんかね。国立大学に、現役で合格し、父親の引きで、政界入りし、最初の立候補で当選。その中《うち》に、若くして、大臣になるんじゃありませんか」

と、亀井は、吐き捨てるように、いった。

「そんな栗山貢にとって、唯一の弱点は、ゲイだということだったんじゃないかね」

「政治家にとっては、異性問題より、弱点かも知れませんね」

「その中《うち》に、日本でも、自分が、ゲイだということを、はっきり出して、出馬して、当選する人間も出てくるだろうが、今は、それを、隠そうとする筈だよ」

と、十津川は、いった。

「そうですねえ。それを考えると、湯沢での中谷博と、とみ子の死も、考え方が、問題ですね。今までは、とみ子の口を封じるために、中谷博を一緒に殺して、無理心中に見せかけたと思っていたんですが、犯人が、栗山貢だとすると、見方を、変えざるを得ませんね。貢とつながりのあるのは、とみ子より、中谷博かも知れませんから」

と、亀井は、いった。

「それを、私も、いいたかったんだ」

と、十津川は、いった。

中谷博のパトロンは、サン建設社長の奥寺祐介だといわれている。

奥寺は、もともと、有名人好きで、中谷の他にも、何人かの女性歌手や、タレントを、ひいきにして、金を与えたり、連れ歩いたりしている。

特に、美人歌手の島野ゆかりとの仲は、週刊誌に、すっぱ抜かれたこともあって、有名である。奥寺が、ヨーロッパ旅行をした時、彼女が、一緒だったというのである。

どうやら、二人の仲は、今も、続いているらしい。それを考えると、奥寺は、芸能人好きだが、中谷博と、特別な関係があったとは、考えにくいのだ。

その奥寺が、よく、中谷博を連れて、湯沢へ行っているのは、彼との旅行を楽しむためだったとは、思えない。

奥寺は、恋人といわれる島野ゆかりとは、ヨーロッパ旅行をしたり、北海道へ行ったりして、週刊誌に、追いかけられているのだが、中谷博の場合は、湯沢以外に、ほとんど、旅行していないのだ。

「中谷博の場合は、彼を、湯沢へ連れて行くのが、主な目的だったような気がするんだよ」

と、十津川は、いった。

「それも、自分のために、連れて行くというのではなく、湯沢で会食をする人たちのために、中谷を、連れて行ったとしか思えませんね。相手のご機嫌《きげん》をとるためにです。若宮建設に対しては、サン建設は、優位に立つ、仕事を与えている側ですから、相手の機嫌をとる必要はないわけです。とすれば、栗山政一郎、貢、或《あ》るいは、M銀行の松本部長ということになってきます。その中で、栗山貢は、中谷博と、湯沢にも行っていますから、それを考えると、奥寺は、栗山貢のご機嫌をとるために、最初、中谷博を連れて行ったんじゃないかと、思いますね」

と、亀井は、いった。

「多分、その通りだと思うよ。栗山貢は、何かの折りに、自分は、中谷博というタレントが、好きだと、奥寺に、いったんじゃないかな。奥寺は、中谷なら、よく知っているから、今度、湯沢へ行く時に、連れて行きましょうといい、連れて行って、栗山貢に紹介した。それ以後、貢は、中谷博と、付き合うようになった。二人だけで、湯沢へ行くこともあるようになっていった。こんなところじゃないのかね」

と、十津川は、いった。

「同感です。問題は、二人の関係ですね」

「貢の大学時代、自殺した学生がいたね。確か、榊原久之《さかきばらひさゆき》という名前だったね？」

「そうです」

「彼の家では、両親が、今でも、死んだ息子のことを偲《しの》んでいた。仏壇には、息子の写真が、飾ってあった」

「そうでしたね」

「あの写真を、借りてきてくれないか」

と、十津川は、いった。

「何か、ありますか？　あの写真に」

「細面《ほそおもて》で、なかなかハンサムな青年だったが、どことなく、誰かに、似ているような気がしてね。それを、確認したいんだよ」

「わかりました。すぐ、借りて来ましょう」

と、亀井は、いい、飛び出して行った。

彼は、問題の写真を借りて、戻って来た。それを、十津川に、渡しながら、

「途中で、私も、気付きましたよ。中谷博に、似ているんです」

と、亀井は、いった。

「そうなんだよ」

と、十津川は、中谷の写真を持って来て、横に並べた。

一番、似ているのは、二人の青年の持っている雰囲気といったものだった。それに、眼《め》許《もと》である。涼やかな感じが、共通していた。中谷博が、人気があったのも、この眼許と、

雰囲気のせいなのだろう。

「栗山貢が、好きな相手は、どこか共通しているということですか？」

と、亀井が、いった。

「そうらしいね」

「問題は、栗山貢と、死んだ中谷博の間に、われわれが想像するような関係があったかどうか、あったとすれば、それが、どう事件に関係があるのかということですね。何もなければ、空振りということになってしまいます」

亀井は、難しい顔になって、いった。

「それを解明するのは、大変な作業だよ。栗山貢は、中谷博との間に、恋愛感情があったとしても、それを認める筈がないし、中谷博の方だって、彼を知る人たちが、彼を傷つけるような証言をする筈がないだろうからね」

「いや、中谷の方は、何か聞けるかも知れません。タレントの世界では、同性愛は、それほど、タブーではなくなっているようですから、何か、聞けるんじゃないでしょうか」

と、亀井は、いった。

5

亀井は、自分の考えを実証するため、西本刑事を連れて、聞き込みを開始した。

しかし、いっこうに、十津川に、報告に来なかった。どうやら、亀井の思惑《おもわく》どおりには、いっていないようだった。

十津川も、放っておいた。亀井以上の刑事は、いないと思っていたから、彼が出来ないことなら、他の刑事は、なおさら、出来ないだろうと思ったし、また、亀井なら、何とか、聞き込みに成功するだろうと思ったからでもある。

十二月二十四日、あと一日で、クリスマスという日の昼過ぎになって、やっと、亀井が、笑顔で、十津川に、報告しに来た。

「どうにか、二つだけ、摑めました」

と、亀井は、いった。

「事件の解決に、役に立ちそうかね？」

「それは、わかりませんが——」

「とにかく、話してくれ」

と、十津川は、促《うなが》した。

「中谷は、前に、Dプロダクションにいたことがわかりました」

「Dプロダクションなら、大手だろう。私だって、名前を知っているからね。なぜ、そこから、移っていたんだろう？　死んだ時に所属していた会社は、Dプロより、小さかったんじゃないか？」

「そうです」

「理由は？」

「それを、ずっと、調べていたんです。ところが、関係者の口が、かたいんですよ。それが、どうも、Dプロに、遠慮してということらしいのです」

「大手プロダクションへの遠慮ということか？」

「そうですね。それが、やっと、わかりました。Dプロの社長は、五十歳の里見という男なんですが、芸能界では、知る人ぞ知る同性愛者ということなんだそうです。もちろん、彼が、ゲイでも、別に構わないわけですが、問題は、自分のところの、特定のタレントだけを可愛がって、それが、ごたごたのもとになるということだというわけです」

「中谷博は、社長の里見と、問題を起こしたわけだな？」

「そうです。里見が、中谷を可愛がり、中谷は、虎の威を借りるというわけで、テレビ局や、先輩タレントと、問題を起こしていた。それが、大きくなって、里見も、中谷を、かばい切れなくなったというわけです。というより、里見の寵愛《ちょうあい》が、新人の若い男性タレントに、移ってしまったということらしいのです。そうなると、中谷は、Ｄプロに居づらくなって、田中プロに、移ったというわけです」

「Ｄプロから、追放された後で、拾われたということか？」

「そうです」

「つまり、中谷も、同性愛の傾向があったということだな？」

と、十津川が、きくと、亀井は、肯いてから、

「それだけでなく、中谷には、それを、利用して、偉くなろうとするところが、あったようです」

「Ｄプロでの社長に、今度は、栗山貢か？」

十津川が、ちらりと、眼を光らせて、いった。

「そうじゃないかと、思うのです」

「もう一つ、わかったことというのは？」

「これは、西本刑事の聞き込みです」

と、亀井は、いった。

若い西本は、緊張した表情で、

「私は、ヴィラ湯沢で、芸者の由美が殺された時の、中谷博のアリバイを調べました」

「なるほど。それで？」

「なかなか、わかりませんでした。何しろ、当人が、死んでしまっているからです。まず、わかったのは、十一月十五日の夜、友人のライブを聞きに行くと約束していたのに、それを、すっぽかしていることでした」

「面白いね」

「次にわかったのは、十一月十五日の午後二時頃、中谷のマンションに、迎えに来た車があったということです。それを見た人の話では、黒のベンツだったそうです」

「プロダクションの迎えの車じゃないのか？」

と、十津川は、きいた。

「違います。今もいいましたように、中谷は、十五日から十六日にかけて友人との約束を、すっぽかしていますから。また、中谷は、自分で、ポルシェを運転して、仕事に出かけていたそうです」

「とみ子と一緒に、排ガス死していたポルシェだね」

「そうです」

「ますます、面白いね」

と、十津川は、いった。

「私は、十一月十五日の事件の時、殺しの現場には、犯人の栗山貢の他に、中谷博もいたんじゃないかと思うのですよ」

と、西本が、いった。

「しかし、栗山貢と、中谷博が、二人で、ヴィラ湯沢へ行ったんだとしたら、なぜ、芸者の由美を、呼んだんだろう？」

十津川は、首をかしげた。

二人が、同性愛の関係にあったのなら、なぜ、由美を呼んだのか？　そして、なぜ、彼女を殺したのか？

「そこが、私にも、わからないのです。しかし、西本刑事が考えたように、十一月十五日に、中谷と、栗山貢が、一緒に、湯沢へ行ったことは、間違いないと思います」

と、亀井は、いった。

「もし、二人が、ヴィラ湯沢に行っていたとすると、由美の死体を、沢木の部屋に、放り込んだのは、若宮勇ではないのかも知れないな」

と、十津川は、いった。

「若宮には、死体の始末を、頼まなかったというわけですか？」

と、亀井が、きく。

「そうだよ、実は、その点に、ずっと、引っかかっていたんだ。栗山貢が、ヴィラ湯沢で、由美を殺し、死体の処理に困って、若宮勇を呼びつけて、頼んだと、考えていた」

「私も、そうだと、思っていますが――」

「しかしねえ。栗山貢だって、いい大人だし、政治家だ。若宮に、死体の始末を頼んだりしたら、当然、殺人がわかってしまうし、あとあと、どうゆすられるかわからない。若宮が、秘密を守ると約束しても、いつ、彼が喋るかという恐怖に、さいなまれなければならないじゃないか。それを考えれば、若宮に、死体の処理を頼んだとは、思えなかったんだよ」

と、十津川は、いった。

「しかし、警部。そうだとすると、若宮が、わざわざ、東京へ出て来て、殺された理由が、わからなくなりますよ」

と、亀井。

「問題は、そこさ。若宮が、殺されたのは、明らかに、口封じのためだ。だから、私も、犯人が、死体の処置を、若宮に頼んだせいだろうと、考えた」

「その通りです。手伝っていなければ、犯人は、若宮を殺す必要は、ないわけですから。まさか、由美の父親が、若宮だからというだけで、殺すとは、思えません」

と、亀井は、いう。

「キーじゃありませんか」

と、西本が、口を挟《はさ》んだ。

十津川が、西本に、視線を向けて、

「キー？」

「そうです。大の男が、二人もいたとすれば、死体を動かすのに、わざわざ、第三者の力を借りたとは、思えません。ただ、若宮に電話して、ヴィラ湯沢のマスターキーを、持って来させたんじゃないでしょうか。それで、空いている部屋を開《あ》け、そこへ、死体を放り込んだ。それが、たまたま、沢木さんの部屋だったということじゃないかと、思います。若宮は、ヴィラ湯沢の施工業者ですから、マスターキーぐらい、持っていたと思いますが」

と、西本は、いった。

「君のいう通りかも知れないよ」

十津川は、微笑して、西本に、いった。

若宮を、あわてて呼びつけて、死体の始末を頼むより、死体のことは、黙っていて、マンションのマスターキーを貸してくれないかと、頼む。その方が、自然だ。それで、沢木の部屋を開け、死体を、放り込んでおいた。

犯人たちにしてみれば、すぐには、死体は、発見されないと、思っていたのではないだろうか？

「それは、ありますね」

と、亀井は、いった。

湯沢には、まだ、雪が降ってなかった。ガーラ湯沢駅も、十二月十二日からオープンである。

湯沢のマンションを買った人たちは、スキー・シーズンに入ってから、来ようと思っているだろう。犯人は、多分、そう考えたのではないだろうか？

ところが、翌日、部屋の主の沢木が、突然、東京からやって来て、死体が発見されてしまった。

犯人にしてみれば、予想外のことだったろう。

「あれが、一ヶ月、二ヶ月あとで、発見されたとすると、若宮も、迷ったでしょうが、何しろ、翌日ですから、当然、栗山貢に貸したマスターキーと、関係があるのではないかと、疑いますよ」

と、亀井が、いった。

「確かに、そうだな。若宮は、マスターキーから、栗山貢を疑った。貢の方も、敏感に、それを感じとったのかも知れないね」

と、十津川も、いった。

「その疑問を、若宮は、直接、栗山貢に、ぶつけたんでしょうか？」

と、西本が、十津川に、きいた。

十津川は、小さく、首を横に振った。

「それは、考えにくいね。若宮が、栗山貢を疑ったとしても、何しろ、相手は、自分が世話になっている栗山政一郎の息子だ。栗山親子の怒りを買ったら、大変だからだよ」

「だとすると、若宮は、どうしたと、思いますか？」

「これは、若宮本人が死んでしまっているから、想像するより仕方がないんだが、彼は、きっと、栗山政一郎に連絡して、何気《なにげ》ない調子で、事件のことを、喋ったんじゃないだろうか。もし、貢が、事件に関係しているのなら、父親の政一郎に、善処《ぜんしょ》を願うような感じでね。若宮にしてみれば、警察にいわず、栗山政一郎に話したのは、今までのことに対するお礼のつもりだったと思うよ。だが、栗山政一郎は、そうは、受け取らなかった――」

「礼をいう代りに、若宮勇の口を封じてしまおうと、考えたわけですか？」

と、亀井が、きいた。

「多分、そうだったんだと思うね。親としては、若宮の忠告に耳を貸すよりも、息子の貢の政治生命を守ることの方が、頭にあったんだと、思うね」

と、十津川は、いった。

「それで、小田研一ですか？」

「政一郎としては、息子を助けるために、何でも、する気だったんだろうと、思うよ。と、いって、警察を動かすことは出来ない。その時、自分の秘書の中に、功名心にあふれた、野心満々な小田研一がいることを思い出したんだろう。そこで、小田に、相談した。交換条件は、小田の政界入りだろう。次の参院選に、推薦し、当選させる。その代りというわけだよ」

と、十津川は、いった。

「若宮勇を殺す日を決めておいて、まず、貢を、フィアンセと、オーストラリア旅行に、行かせたわけですね」

「そうだ。もちろん、政一郎自身も、その日のアリバイを作っておいて、若宮を、東京に、呼んだ。若宮は、いつものように、四谷のホテルに泊って、連絡を待つ。その若宮を、電話で、外に呼び出し、小田に、殺させたんだろうね」

十津川は、考えながら、ゆっくり、いった。

「中谷博を、とみ子と一緒に殺したのも、小田だと思われますか？」

「西本刑事のいうように、十一月十五日の夜、中谷が、貢と一緒に、ヴィラ湯沢にいたとすれば、中谷は、危険な時限爆弾《じげんばくだん》だからね。それに、中谷は、この事件をタネに、ゆすりを始めたのかも知れないな」

「それは、十分に、考えられますね」

「そこで、政一郎は、中谷も、殺さなければならないと、考えたんだろう。ただ殺したのでは、疑いが、貢にいくかも知れない。そこで、中谷ファンのとみ子と一緒に殺して、無理心中に見せかけることを、考えたんだろう」

と、十津川は、いった。

「実行したのは、やはり、小田ですか？」

若い西本が、眼を光らせて、きいた。

「小田かも知れないし、栗山貢本人かも知れない。まあ、政一郎は、なるべく、息子を、傷つけまいと、考えただろうから、実行犯は、小田研一と考えていいんじゃないかな。その日のアリバイを、貢が、きちんと、持っていれば、明らかに、小田が、犯人だということだよ」

と、十津川は、いった。

「問題は、証拠ですね」

亀井が、冷静な調子になって、いった。

「ああ、わかっている」

と、十津川は、いった。

「今日は、十二月二十四日です」

「それも、わかっているよ」

「何とか、年内に、解決したいですね。正月は、なるべく、家族と、過ごしたいですから」

と、亀井が、いった。

第七章　師走の風の中で

1

街には、クリスマスの飾りつけや、年賀状はお早目にといった垂れ幕が下って、いやでも、心が、せかされてくる。

十津川たちの眼にも、そうした年末の風景が飛び込んでくるのだ。

もちろん、街の風景だけではなく、マスコミの批判にも、十津川たちは、さらされた。

中央新聞は、これまで、警察に対して、どちらかといえば、好意的だったのだが、その新聞さえ、この事件は、年を越して、迷宮《めいきゅう》入りになる公算が大きく、その場合、責任問題に発展するだろうと、書いた。

週刊誌の一つは、早々と、再来年の参院選の予想をのせた。

各党の立候補予定者を書き、その当落の予想も書いてある。

小田研一の名前も、当然、出ていた。

〈実力者栗山政一郎の推薦を受けてはいるが、知名度は、今ひとつなので、今後の努力次第か〉


これが、小田研一に対する予想だった。

十津川は、眼を通して、ほっとした。小田の現在の評価は、こういうものだろう。彼自身も、それは、よく知っている筈《はず》である。何としてでも、国会議員になりたい小田は、必死になって、知名度をあげようとするだろう。

（それならば、海外へ逃亡を図ることはないに違いない）

と、思ったからだった。

ひょっとして、栗山が、警察の追求を避けるために、息子の貢《みつぐ》と、秘書の小田を連れ、海外の政治事情の研究と称して、日本を離れてしまうのではないか。そうなると、捜査は難しくなるし、と、いって、今の段階で、それを、止めることは出来ないと、心配していたのである。

週刊誌の記事が、効果をあげたのか、小田研一が、新潟市内の老人ホームを、クリスマスに、ケーキを持って、慰問《いもん》するという話が、伝わってきた。もちろん、知名度をあげようとする事前運動なのだ。

「こちらにとっては、好都合ですね」

と、亀井は、いった。

小田が、事前運動に励んでいる間、十津川たちは、引き続いて、小田や、栗山父子の周辺を、調べ廻った。

調べることは、三つだった。

十津川たちの推理が正しければ、十一月十五日の夜、栗山貢と、中谷博は、湯沢に来ていたことになる。それが、証明できるか？

第二は、同じ理由で、十一月三十日の夜、小田研一は、中谷と、とみ子を、心中に見せかけて殺すために、湯沢に来ていた筈である。この証明。

第三は、十一月二十四日の夜、小田は、四谷《よつや》で、若宮勇を殺したに違いないのだが、これを、証明できるか。

地道な聞き込みが、続けられていった。

政治家の栗山貢については、その周辺の人間の口がかたく、情報を得るのは、大変だった。栗山の親で、有力政治家の栗山政一郎に対する遠慮ということがあるのだろう。

それに対して、中谷の方は、タレントだったし、すでに、亡くなっていることもあって、彼を知っている人たちの口は、軽かった。

いや、中谷についての情報は、あり過ぎるほどで、刑事たちとしては、その中から、正確で、事件に関係があるものを取り出すのが、骨だった。

西本と日下が、中谷の友人で、ロック歌手の江本広平に、会った。何人目かの相手だった。

中谷と、同年の江本は、彼との仲を、悪友同士と、いった。

「前は、よく遊んだんだが、最近は、ごぶさただったよ。妙な世界の奴と、付き合うようになってたからな」

と、江本は、笑いながら、いった。

「妙な世界というのは、政界ということ？」

と、西本は、きいた。

「まあ、そんなところだな。いわゆるお偉いさんさ」

「なぜ、彼は、そんな世界の人間と、付き合うようになったんだろう？」

「わからないが、野心かなあ」

「野心？」

「あいつの死んだおやじは、どこかの県会議員でね。多分、そのせいだろうな。タレントなんて、一生の職業じゃない、いつか、政治家になるんだと、いってたよ」

「だから、政治家と、付き合ってた？」

「ああ。何とかいう若手の政治家と、付き合うようになったんだ」

「そんな名前だったよ。一度、あいつから、紹介されたことがあったな」

「この人かね？」

日下が、栗山貢の写真を見せると、江本は、それを、指で、ぱちんと、はたいて、

「この男だ。なんでも、おやじが、大臣にまでなったんだそうだ」

「中谷は、湯沢で、女と心中したということだったんだが、それを、どう思った？」

と、西本が、きいた。

江本は、

「あいつのことを、よく知ってる連中は、笑ってたよ」

「なぜ？」

「相手は、芸者だろう？　芸者と心中なんかする奴《やつ》じゃないんだ」

「しかし、彼が、何かに悩んでいたという話を聞いている。一緒に死んだ芸者は、その悩みを聞かされたという話もある」

「それが、あいつの手なんだよ」

「手？」

「ああ、女を口説《くど》く時、人生に悩んでいるように見せるのさ。それで、女は、母性本能をくすぐられて、コロリだと、自慢してた。それにさ、今もいったように、最近は、おれた

ちと離れて、この写真の政治家と、付き合ってた。うまく、取り入って、政界入りを狙《ねら》ってたんだ。芸者なんかと、心中するものか」

と、江本は、いった。

「じゃあ、いつも、一緒だったということかね？」

「いつもかどうかわからないが、先月も、おれのライブを聞きにくるといってたのに、すっぽかして、栗山とかいう奴と、湯沢に、行っちまいやがったんだ」

「先月のいつだ？」

「十一月十五日」

「本当か？」

「ああ。おれのライブは、東京で、十五日から十七日まで三日間やったんだ。その初日に、来ると、いってたんだよ。それがさ。十五日の午後に、電話が掛って来て、自動車電話だよ。今、湯沢に向ってるから、今日のライブには、行けなくなったっていいやがるんだ。友だちと、これから、湯沢に行って、芸者を呼んで、遊ぶんだといってたよ」

「その友だちというのは？」

「栗山という若い政治家だよ」

「それは、確認したのかね？」

と、日下が、きいた。

「ああ、そいつが、電話に出たからな」

「何をいったんだ？」

「おれにさ、君も、湯沢に来ませんかといったよ。湯沢に、別荘があるといってたな。おれは、冗談じゃないといってやった。大事なライブの最中なんだ、行けるものかってね」

江本は、肩をそびやかすようにして、いった。

「そのあと、中谷に、会ったかね？」

と、西本は、きいた。

「一週間ぐらいして、テレビ局で、会ったよ」

「その時の中谷の様子は、どうだった？」

「おれは、ライブに来てくれなかったことで、文句をいった。お前さんは、おれと、おれの仲間を裏切りやがった。もう、おれたちの仲間じゃないってね」

「それに対して、中谷は、どういったんだね？」

「いつものあいつなら、食ってかかった筈なんだ。あいつは、ああ見えても、気が強いからな。ところが、あいつは、黙ってた。なんか、おかしかったよ」

「それで？」

「急に、心配になって、大丈夫《だいじょうぶ》かって、きいたよ。そしたら、急に、ニヤッと笑って、こういうんだ。おれは、とうとう、政治家になるための切符を手に入れたってさ。何のことだって、聞いたら、また、ニヤッと笑いやがった。何か、いやな感じだったなあ。そのあと、すぐ、あいつは、湯沢で、死んじまったんだ」

「政界入りの切符を、手に入れたと、いったんだね？」

「ああ。そういったよ」

「君は、それを、どういう意味だと思うね？」

と、西本が、きいた。

江本は、くしゃくしゃと、髪をかきながら、考えていたが、

「そうだなあ。栗山という奴に、うまく取り入ったのか、奴の弱みを見つけたのか、どちらかだと思ったよ」

「しかし、中谷は、死んだんだ」

「ああ、そうなのさ。可哀そうな奴だよ。おれたちの仲間で、ずっといたら、死なずにすんだろうにな」

「十一月十五日に、彼が、自動車電話をかけてきたときのことを、詳しく知りたいんだが、何時頃だった？」

と、日下が、きいた。

「そうねえ。確か、午後五時頃だったよ。おれのライブは、あの日、午後七時からで、がたがたしてる時に、かかってきたんだ」

「まず、中谷がかけてきて、栗山貢に、代ったんだね？」

「ああ。あいつが、今、誰と、一緒かわかるかっていったから、あの政治家かってきいたんだ。そしたら、栗山が電話口に出たってわけさ」

「どの辺《あた》りを走ってる時に、かけてきたんだろう？」

「あいつは、関越《かんえつ》の水上《みなかみ》あたりを走ってるといってたよ」

と、江本は、いった。

2

やっと、役に立ちそうな証言を得られたと、西本と、日下は、ほっとして、江本と別れて、捜査本部に、戻った。

江本の証言は、西本が、ひそかに、テープレコーダーに、とっておいた。

十津川も、それを聞いて、明るい顔になった。

清水と、北条早苗の二人の刑事は、小田研一の知り合いを廻った。

同じ秘書仲間は、口がかたいので、二人は、小田の女性関係に、狙いをつけた。

小田は、三十一歳で、結婚している。見合いだった。資産家の一人娘という以外、これといって、取柄《とりえ》のない女だった。明らかに、小田は、将来、政界に打って出る気で、その時、妻の実家から、金銭面の援助を、受ける気だったのだ。

そんな結婚の上、二人の間に子供がいないこともあって、小田は、他《ほか》に女を、作っていた。

その一人が、ＯＬの小倉美加である。美加は、大学生の時、アルバイトで、栗山政一郎の選挙を手伝い、小田と知り合った。それ以来の関係だという。

それが、妻にばれて、離婚した。が、本当は、妻の実家が、バブルがはじけて、資産を失い、小田としては、利用価値がなくなったからというのが、真相のようだった。

美加は、独身に戻った小田と、結婚できると考えたらしいが、小田にしてみれば、平凡なサラリーマンの娘である彼女には、利用価値がない。

その上、今度、栗山政一郎に推《お》されて、小田は、参院選の候補になった。不倫とか、女遊びという言葉は、命取りになりかねない。

そこで、小田は、美加と別れることにした。彼女の他に、六本木のクラブのホステスとも、付き合っていたのだが、彼女とも、切れている。身辺整理というわけだろう。

小田は、この二人に、何百万かの金を払ったといわれるが、これは、多分、栗山政一郎が出したに違いない。

清水と早苗は、まず、小倉美加に会った。

彼女は、阿佐谷《あさがや》のマンションに住んでいた。そこへ、訪ねて行った。

美加は、早苗が女刑事ということで、安心したのか、二人を、部屋にあげてくれた。

美加は、小田から、金は貰《もら》っていないと、いった。そんな女と、思われたくなかったのだろう。清水と、早苗は、その潔癖《けっぺき》さに、賭けることにした。或《ある》いは、負けず嫌いにといってもいい。

「小田さんは、再来年の選挙に勝てば、地元の有力者の娘と、結婚すると、思いますよ」

と、清水は、いった。わざと、美加の傷口に触れるようないい方をしたのだ。

案《あん》の定《じょう》、美加の表情が、険しくなった。

「彼が、そういってるんですか？」

「新潟の後援会で、そういっていますわ」

と、早苗が、いった。

「そうですか」

「彼が、政治家にふさわしい男だと思いますか？」

「そんなこと、私には、わかりませんわ」

と、清水が、きいた。

「あなたは、彼のことを、よくご存知の筈ですわ」

と、早苗は、いった。

「そういわれても、彼が、政治家にふさわしいかどうかなんてこと、私に、わかる筈がないじゃありませんか」

「私たちは、小田さんが、立派な方なら、こうして、いろいろと調べたりはしません。残念ながら、彼には、殺人の疑いが、かかっているんです」

と、早苗は、いった。

「殺人の疑い？」

「そうですわ。それも、他人《ひと》のために、殺人を犯したという疑いです」

「信じられませんわ」

と、美加は、いう。

「信じたくないというのは、無理もありませんが、三人の人間を殺したのではないかと、疑われているのですよ。十一月二十四日の夜、東京で、若宮勇という男を殺し、十一月三十日には、湯沢で、心中に見せかけて、若い男女を、殺しています。中谷博と、とみ子という芸者です。小田さんと親しかったあなたなら、この二件について、何か知っている筈だと思うのですよ。十一月二十四日と、三十日です。この日のことで、何か覚えていませんか？」

と、清水が、迫った。

美加の顔色が、変っている。すぐには、返事をしなかった。

「私は、何も知りませんわ」

美加は、青ざめた顔で、いった。

「いや、知っている筈ですよ」

「知りません。本当に、知らないんです」

彼女の声が、甲高《かんだか》くなった。

「しかし、そんな筈はないんだ。人殺しを、政治家にして、いいんですか？」

「帰って下さい！」

「しかし――」

と、清水が、なおも、食いさがろうとするのを、早苗が、制止して、

「おいとましましょうよ」

と、いった。

二人は、部屋を出た。エレベーターに乗ってから、清水が、

「なぜ、引き退《さ》がるんだ？　もっと、粘れば、何か、話したかも知れないのに」

「無理だわ。彼女、まだ、小田に、未練があるもの」

と、怒った。

「だからといってだね」

「とにかく、警部の指示を仰《あお》ぐわ」

と、早苗は、いった。

パトカーに戻ると、早苗が、無線電話で、十津川に、報告した。

「君から見て、彼女が、小田に未練があると思うんだね？」

と、十津川が、きいた。

「同性ですから、態度で、わかりますわ」

「そうだとすると、彼女は、どうすると、思うね？」

「多分、電話で、小田に、警察が来たことを知らせると、思いますわ」

「同感だね。その結果、小田は、どう思うだろう？」

「彼女が何か知っていれば、小田は、危険な存在と、考えるようになると思います」

「よし。それに賭けてみよう。君たちは、わからないように、彼女を、見張るんだ。君の予感が当れば、小田は、彼女を始末しようとするだろう」

と、十津川は、いった。

3

清水と、早苗は、覆面《ふくめん》パトカーの中で、じっと、マンションを、見張った。

なかなか、美加は、姿を見せなかった。が、午後九時を過ぎた頃、彼女は、出て来て、近くの駐車場に入って行った。

そこに駐《と》めてあった、白のトヨタカローラに乗り込み、走り出した。

清水と、早苗も、覆面パトカーで、その後を、追った。

助手席で、早苗が、十津川に、連絡した。

「美加が、動き出しました。白のカローラです」

「やはり、動いたか」

「はい」

「きっと、小田に会いに行くんだろう。いや、小田に呼びつけられたということだろう」

「私も、そう思いますわ」

「今、何処《どこ》だ？　どちらに向っている？」

「関越自動車道に入るものと思います」

「やはりね。私たちも、そちらへ行く」

と、十津川は、いった。

美加のカローラは、五十キロのスピードで、師走の街を走って行く。

途中、赤信号でとまっても、運転席の美加は、背後《うしろ》を、見る気配はない。ひたすら、前を見つめている感じだった。

カローラは、やはり、関越自動車道に入った。

今日は、十二月二十七日である。まだ、帰省ラッシュは、始まっていなかった。が、それでも、下りの関越自動車道を走る車の数は、普段《ふだん》より多い。

「新潟へ行くのかな？」

と、清水が、運転しながら、早苗に、いう。

「多分、そうだと思うわ」

「向うは、もう、雪が降っているんじゃないかな」

「そうね」

「君は、スキーをしたことがあるかい？」

「なぜ？」

「別に理由はないさ」

「大学時代に、何回か、北海道で滑ったことがあるわ」

と、早苗は、いった。

そういえば、スキー・バスも、走っている。

よくわかっているのは、美加が、スキーに行くのではないことだった。

4

捜査本部も、緊張に包まれていた。

「新潟県警には、連絡するかね？」

と、三上本部長が、きいた。

「止《や》めておきます。向うは、沢木敬を逮捕していますし、何といっても、栗山政一郎と貢は新潟県選出の政治家です。こちらが連絡しても、動きにくいでしょう」

と、十津川は、いった。

「そうだね」

と、三上は、珍しく、肯《うなず》いた。

十津川は、亀井と、パトカーで、関越自動車道に向った。

最初は、亀井が、ハンドルを握る。今年も、あと四日という意識が、亀井にも、十津川にもある。果して、その間に、今度の事件が、解決できるかどうか、十津川には、自信がない。

状況証拠は、十分なのだ。十一月十五日に、ヴィラ湯沢で、芸者の由美を殺したのは、栗山貢と、中谷博に、間違いないだろう。そして、貢の父親が、その尻ぬぐいをするために、秘書の小田研一に、口封じの殺人をさせたこともである。

小田は、その見返りに、栗山政一郎から、次の参院選の候補に推薦された。この推理は、十津川の頭の中で、確固としたものになっている。

ただ、逮捕状を請求するだけの証拠がない。

「小倉美加は、何か知っているんでしょうかね？」

と、亀井が、きく。

「多分ね。もちろん、小田が、若宮勇や、中谷博、芸者のとみ子を、殺すところを見たというようなことはないと思うね。そうだったら、彼女も、今頃、口封じに殺されている筈だ。だから、十一月二十四日に、旅行に出かけたとか、上越新幹線に乗るのを見たとかいうものだろう」

「なるほど。清水刑事と北条刑事に、いわれて、彼女は、そのことと、殺人を、結びつけて考えるようになった――」

「ああ。そこで、新潟にいる小田に電話をかけた。小田としては、選挙を前にして、噂が立つのが怖《こわ》い。それも、殺人の噂なら、なおさらだ。だから、あわてて、彼女を、呼んだんじゃないかね」

と、十津川は、いった。

「小田は、彼女を、どうするつもりですかね？」

「それは、彼女の出方次第《しだい》だろう」

「彼女の出方は、彼女が、今でも、小田に未練があるかどうかによって、違いますね」

と、亀井が、いう。

「警察に話さずに、出かけたところを見れば、まだ、未練があると思うね。その未練を、彼女が、小田に会って、どうぶつける気でいるのかだね」

「小田の弱みをつかんだと思って、彼を、脅迫するかも知れませんね」

「可能性はある。うまくいけば、参院議員夫人になれるかも知れないと思ってね」

と、十津川は、いった。

尾行している清水と、早苗から、無線電話が、入ってきた。

美加は、いぜんとして、時速六十キロぐらいで、関越自動車道を、北へ向っているという。高速道路では、遅いスピードである。

「彼女は、警戒しながら走っているかね？」

と、十津川は、きいた。

「いえ、全《まった》く警戒していません。ひたすら、前を見つめて走っている感じです」

と、早苗が、いう。

十津川は、無線を切ると、

「カメさん。追いつこう」

と、声をかけた。

関越自動車道に入ると、亀井は、スピードをあげた。

十津川は、美加の気持を、考えてみた。

普通なら、尾行に注意しながら、車を走らせる筈だ。呼びつけた小田も、当然、彼女に、警察に尾《つ》けられるなと、念を押した筈である。

それなのに、美加が、無警戒に走っているのは、頭の中が、小田のことで、一杯だということだろう。彼に会ったら、何といおう、何を求めよう、と、それだけを、考えているに違いない。

（危険な徴候だな）

と、思う。美加にとってもだが、小田にとってもである。小田にとってというのは、こうして、十津川たちが、尾行しているからである。

先行する清水と、早苗から、刻々と、連絡が入ってくる。

高崎インターチェンジを通過したという連絡が入る。このまま、こちらが、スピードをあげていけば、渋川あたりで、追いつけるだろう。

亀井は、黙々と、パトカーを走らせた。

渋川あたりでと、思ったのだが、それより、手前で、清水の運転する覆面パトカーに、追いついた。

「今、君たちの背後《うしろ》についた」

と、十津川が、伝えると、前の車の助手席で、早苗が、振り向くのが見えた。

「小倉美加の車は、三十メートル前方です」

「気がついたような様子は？」

「まだ、ありません」

「よし。このまま、尾行する」

と、十津川は、いった。

「新潟に入ってからが、問題ですね」

亀井が、十津川に、いった。

「そうだね。小田は、小倉美加に、警察の尾行がついていないかどうか、見ているだろうからね」

「どうしますか？」

「新潟に入る手前で、彼女の車を追い越そう。挟《はさ》む形にしたい」

「手前というと、水上インターチェンジあたりですね」

その水上インターチェンジ手前で、清水たちのパトカーを追い越し、美加のカローラを追い越し、関越トンネルに入った。

この長いトンネルを抜けると、あの越後湯沢である。雪は降ってなかったが、町の周囲の山には、雪があった。

美加が、ここに来る気なのか、もっと先に行くのかわからないので、十津川と、亀井は、故障を装《よそお》って、車を道路の脇に、とめた。
五、六分して、早苗から、無線が入った。

「彼女は、湯沢の町に出ます」

「わかった。私たちは、あとから追って行く」

と、十津川は、いった。

5

湯沢の町は、すでに、眠りについていた。

時刻は、午前一時を回っている。月明かりがあって、山々の雪が青白く見えている。ただ、積雪が少なく、スキー可能とはいかないのか、全体に、ひっそりとしている。

美加の車は、町の中心部には、入って行かず、町を取り巻く新しい道路を、林立するマンションに向けて、走る。

ピンク色のマンションが、月の光と、雪の白さに映《は》えて、美しい。

突然、美加のカローラを追っていた清水たちのパトカーが、急ブレーキをかけた感じで、激しく、スピンした。

続いていた亀井は、あわてて、ブレーキをかけた。

「どうしたんだ？」

と、十津川が、無線に向って、叫んだ。

「射たれました！」

と、早苗が、甲高い声でいった。その間にも、スピンしたパトカーは、山の傾斜に乗りあげて、横転した。

「大丈夫ですか？」

「大丈夫ですが、動けません」

「わかってる」

と、十津川は、いった。横転したパトカーの車輪が、空廻りしているのが見える。

その間に、美加の車が、遠ざかって行く。

「私たちが、追いましょう」

と、亀井が、いう。

「少し待て」

「美加の車が、見えなくなりますよ」

「この道は、一本道だ」

「しかし──」

「清水たちの車を狙った奴は、まだ、何処《どこ》からか、見ているかも知れない。私たちが、すぐ追いかければ、また、射ってくるよ。それに、美加との接触を、中止してしまうかも知れない」

「いつまで、待つんですか？」

「あと、五分だ」

と、十津川は、いった。

横転したパトカーから、清水と、早苗が、這い出して来た。あれなら、大丈夫だろう。

「よし、行こう」

と、十津川は、亀井に、いった。

亀井が、アクセルを踏み、また、走り出した。美加のカローラは、すでに、視界から消えてしまっている。

ゆるい坂を、亀井は、スピードをあげて、登って行く。

道路が、二つに分れている。右は下りで、六日町《むいかまち》方向の標示が見えた。

「左の登りだ。六日町へ行くのなら、湯沢で、関越を出ない筈だ」

と、十津川は、いった。

亀井が、左へハンドルを切る。

「スピードを落して、ライトを消してくれ」

と、十津川が、指示した。

前方に、山頂へのロープウェイが、月明かりの中に浮んでいる。もちろん、今は、とまっている。

そのロープウェイを見ながら、道も、S字を描きながら、山頂へ向っている。雪が多くなってくる。が、ところどころが、黒くなっていて、せいぜい七、八センチの積雪だろう。

「止めろ」

と、十津川が、小声でいった。

道の前方に、車の明かりが見えたのだ。

「降りよう」

と、十津川が、亀井に囁《ささや》いた。

二人は、静かにドアを開けて、外に出た。強い冷気が、十津川と、亀井の身体を包み込む。顔と、耳が痛い。吐く息が白くなる。

道路は、ところどころ、アイスバーンになっていた。滑らないように、踏みしめるように、二人は、車の明かりに近づいて行った。

十津川は、歩きながら、拳銃を取り出して、安全装置を外《はず》した。

平らな、展望台になっている場所に、車が二台、とまっていた。一台は、カローラ。もう一台は、ベンツだ。

カローラに、人影はない。身をかがめるようにして、十津川と、亀井は、ベンツに近づいた。

突然、銃声が、走った。

十津川と、亀井が、反射的に、身を伏せる。

ベンツが、エンジンの唸《うな》りをあげて、突進してきた。

十津川と、亀井は、アイスバーンの上を、転がって避ける。ベンツは、十津川の身体すれすれに、猛スピードで、走り抜けた。

十津川は、起きあがって、拳銃を構えた。

彼が射つより先に、下り坂の前方で、車と車のぶつかる激しい音がした。明かりを消して、道路の脇にとめておいたパトカーに、ベンツが、ぶつかったのだ。

二台の車は、道路沿いに流れる渓流《けいりゅう》に向って、滑って行く。

十津川と、亀井は、その後を、追った。

パトカーは、渓流に突き落とされ、ベンツは、車体を斜めにして、崖《がけ》っぷちで、止まった。

ドアが開いて、猟銃《りょうじゅう》を持った男が、よろめくように、出て来た。激突した時、どこかにぶつけたのか、片足を引きずっている。

十津川が、空に向って、拳銃を一発、発射した。

「こっちは、二人だ。銃を捨てろ！」

と、十津川は、叫んだ。

それでも、手にした銃を構えようとする相手に向って、今度は、亀井が、拳銃を射った。

相手は、諦《あきら》めて、銃を、放り投げた。

十津川と、亀井は、相手に駈け寄った。近づくと、小田研一とわかった。

「小田研一だな？」

と、十津川が、いった。が、相手は、黙っている。

ベンツの中をのぞき込んだ亀井が、

「小倉美加らしい女がいます！」

と、大声で、怒鳴《どな》った。

「大丈夫なのか？」

「わかりませんが、動きません」

「自動車電話がついていたら、それで、救急車を呼んでくれ！」

と、十津川は、大声で、いった。

6

病院に運ばれた美加は、辛《かろ》うじて、命を取り止めた。ロープで首を絞められていたということだった。

十津川と、亀井は、小田研一に手錠をかけ、新潟県警六日町署に、連れて行った。

三浦警部に、事情を説明した。

「逮捕したのが誰か、わかっているんですか？」

と、三浦が、当惑した顔で、きく。

「わかっています。次の参院選の候補です」

「そして、栗山政一郎の推薦する候補ですよ」

「しかし、今は、殺人未遂《みすい》の犯人です。殺す目的で、呼び出し、首を絞めて殺そうとした男です」

と、十津川は、いった。

「証人は？」

「私と、亀井刑事。それに、小倉美加も、意識が戻れば、殺されかかったことを、証言する筈ですよ」

と、十津川は、いった。

「これを知ったら、栗山政一郎が、飛んで来ますよ」

「その方が有難いと思っています。栗山政一郎と、息子の貢にも、このことを、知らせてやって下さい」

と、十津川は、いった。

「いいんですか？」

「もちろん。その時に、こういって下さい。小田研一を、殺人未遂で逮捕したが、ヴィラ湯沢で、芸者を殺したのは、栗山貢だ。それを隠すために、栗山政一郎に頼まれて、芸者由美の父親の若宮勇の口封じをした。また、由美殺しの時、同席していた中谷博の口封じも頼まれ、彼と、芸者のとみ子を、心中に見せかけて殺したと、自供しているとです」

「嘘をつけと、いうんですか？」

「いや、これは、事実です」

十津川は、きっぱりと、いった。

夜が明けると、十津川は、東京に残っている西本刑事に電話をかけて、

「栗山貢が、逃げだすかも知れないから、見張れ。海外へ逃亡するようだったら、逮捕するんだ。殺人容疑だ」

と、いった。

小田に対する訊問《じんもん》も、夜明けと共に開始された。

だが、小田は、黙秘《もくひ》している。訊問に当った十津川は、

「観念した方がいいな。小倉美加を殺そうとしたことは、私たち刑事二人が知っている。彼女も間もなく意識を回復して、証言するからね。それだけじゃない。君には、若宮勇殺害と、中谷博と、芸者とみ子の二人を、心中に見せかけて殺した容疑もあるんだ。これを全《すべ》て、君の意思でやったのなら、間違いなく、死刑だね」

「――」

「それでもいいのか?」

「――」

「今さら、栗山政一郎に忠義立てしたって、もう見返りは、何もないぞ」

と、十津川は、いった。

昼過ぎに、栗山政一郎の顧問弁護士、寺本元が、やって来た。

「栗山は、事情があって来られませんが、彼の伝言をお伝えしたい」

と、寺本は、十津川と、三浦に、いった。

「どういうことですか?」

と、三浦が、きいた。

「実は、栗山は、昨日、小田研一を、次の参院選の候補から外すことを決めました。理由は、小田に、凶暴さと、虚言癖《きょげんへき》があることがわかったからです。そして、深谷信之を、候補とすることにしました」

「いかにも、唐突《とうとつ》ですね」

と、十津川が、いった。

「過《あやま》ちを改むるに、はばかることなかれと、古人も、いっています。小田研一は、この決定に腹を立てて、栗山及び、貢について、中傷《ちゅうしょう》の言葉を吐き散らすかも知れないが、それは、全て、私怨《しえん》によるもので、取りあげないで頂きたい。これが、栗山の伝言です」

と、寺本は、いった。

「都合のいい話ですね」

と、十津川が、いった時、東京から、電話が入った。

十津川が、受けると、西本の興奮した声で、

「今、成田です。突然、栗山貢が、ヨーロッパに出発するというので、緊急逮捕しました」

「よかったよ」

「これから、どうなりますか？」

「事件は、解決に向うさ」

と、十津川は、いった。

7

寺本弁護士が、帰ったあと、小田研一の再訊問になった。

「さっき、寺本弁護士が来たよ。君も知っている人間だろう。彼は、栗山政一郎の伝言を伝えに来たんだ。面白い伝言だから、君にも話してやろう。栗山は、君を、次の参院選の

候補から外し、代りに、深谷信之を、推薦することにした。理由は、君が凶暴で、嘘つきだからだそうだ」

「――」

黙っているが、小田の顔が、青ざめるのがわかった。

「それに、息子の貢は、海外へ逃げようとしている。君は、大嘘つきだから、何を喋《しゃべ》っても、取り合わないでくれとも、栗山政一郎は伝言して来たよ。君は、完全に、見捨てられたんだ。君一人に全てを押しつけて、あの父子は、安泰《あんたい》ということだ。今のままでは、君は男二人と女一人の殺人、それに、女一人の殺人未遂で、死刑だな」

「――」

「それでもいいのかね？」

「どうしたら――」

小田は、弱々しい声で、いった。

「君は、栗山政一郎に頼まれて、若宮勇、中谷博、それに芸者のとみ子を、殺したんだろう？」

「――」

「君は、その報酬《ほうしゅう》として、先輩の秘書たちを飛び越えて、次の参院選の候補に、推薦された」

「――」

「あの古狸《ふるだぬき》が、そんな約束を守ると、信じて、人殺しをやったのかね？　いや、君だって、保険はかけた筈だ」

と、十津川は、いった。

「テープをとったよ」

小田が、低い声で、いった。

「そのテープは、どうした？」

と、三浦が、きいた。

「私を、候補として推薦してくれた日に、先生に渡した」

「渡した？」

三浦が、大声を出した。

「それが、約束だったからだ」

「それで、栗山政一郎は、あんなに強気なんだ。君は、間抜けだ」

三浦が、吐き捨てるように、いう。

十津川は、じっと、小田を見すえて、

「私は、君が、そんな間抜けだとは、思っていない。栗山政一郎のような老獪《ろうかい》な男を相手に、切り札を捨てるような愚かなことはしない筈だ」

と、いった。

小田は、急に、ニヤッとした。

「ああ。私は、そんな馬鹿じゃない」

「テープをダビングしているんだな？」

と、十津川が、きくと、小田は、それに答えず、

「私が、ダビングしたテープを持っていたら、どういうことになる？」

「二件の殺人について、主犯は、栗山政一郎ということになる。君は、死刑には、ならないだろう」

「それだけか？」

「秘書は、政治家の命令には逆らえないことを強調すれば、情状酌量《じょうじょうしゃくりょう》されるかも知れないな。テープは、何処《どこ》にあるのかね？」

「自宅の応接室にある大理石のテーブルの裏側だ。ガムテープで、貼りつけてある」

と、小田は、いった。

十津川は、すぐ、東京の西本に電話して、そのテープを、取りに行かせた。

二時間ほどして、西本の返事があった。

「見つけました。テーブルの裏側に、貼りつけてありました」

と、西本は、声を弾《はず》ませた。

「テープは、聞いたか?」

「はい。大変な代物《しろもの》です。栗山政一郎が、息子のために、小田研一に、人殺しを頼む会話です。もちろん、栗山は、優雅な言葉で、人殺しを頼んでいますがね」

「それをダビングして、もう一本テープを作り、新潟県警の三浦警部に、送ってくれ」

「わかりました」

「もう一つ、三上部長に聞かせるんだ。そうすれば、地検に、栗山政一郎の逮捕令状を、請求してくれるだろう」

と、十津川は、いった。

8

大げさにいえば、政界に、衝撃が、走った。

政界の重鎮、栗山政一郎が、殺人を依頼したという容疑で逮捕され、息子で、若手の政治家、栗山貢が、殺人容疑で、逮捕されたのだ。

それだけではなく、次の参院選の候補にあげられていた小田研一も、殺人容疑で、逮捕されたからである。

栗山政一郎は、息子のためにも、大弁護団を、作ると、拘置所《こうちしょ》で、話していると、十津川に、伝わって来た。

政一郎は、強気だった。恐らく、政一郎の場合は、自分では、手を汚さず、小田に命令していただけなので、罪悪感が、うすいのだろう。それに、自分のためではなく、息子のために、全てやったのだという気があるからだろう。

その点、息子の栗山貢の方は、いざとなると、気弱だった。

苦労せずに、政治家になった二世議員のもろさだろう。

逮捕されて二日目に、貢は、自供を始めた。

新潟県警六日町署で、芸者の由美殺しについて、自供したのだが、十津川は、その訊問に、立ち会せて貰《もら》った。

十津川が、知りたかったのは、同性愛者だと思われる貢が、中谷博と一緒に、なぜ、芸者の由美を、呼んだかということだった。

訊問に当った三浦警部も、主として、それを貢にきいた。

「なぜ、ヴィラ湯沢で、芸者由美を、呼んだのかね？」

と、三浦が、きくと、貢は、しばらく、青い顔で、黙っていたが、

「僕は、物心ついて以来、なぜか、女性を愛せなくて、美しい男に、引かれるようになってしまった」

と、低い声で、いった。

自供するというよりも、何かに向って、独白している感じだった。

三浦も、同席した十津川も、黙って、貢が、続けるのを待った。

「何度、自分の性癖《せいへき》を治そうとしたかわからない。父が、僕に、政界に入れといった時、一番、強く、それを感じた。ソープランドへ、行きたくもないのに、行ったこともあるし、好きでもない女の子と、付き合ったこともある。だが、その度《たび》に、相手を傷つけ、自分も傷ついてしまった。何とか、政界に入れたが、絶対に、自分の性癖を隠そうと思った。アメリカならいざ知らず、日本では、ゲイと知られたら、落選は、間違いないだろうし、父の落胆《らくたん》が、わかっていたからだ」

「――」

「それでも、自分の気持は、どうしようもなかった。中谷博に会った時、それを感じた。彼の美しさに、僕は、どんどん、引かれていった。彼の笑顔、彼の話し方、彼の歩き方、その全《すべ》てに、僕は、のめり込んでいった。彼も、僕に応えてくれた。が、悲しいことに、それは、彼が、僕と付き合っていれば、梯《はしご》になると、計算しているからで、僕を愛してくれたからではなかった。それが、よくわかっているのに、僕は、中谷と、別れることが出来なかった。それどころか、彼の気に入ろうと、必死だった。ヴィラ湯沢に遊びに行き、芸者由美を呼んだのは、自分が、そうしたかったからじゃない。中谷を喜ばせたくて、準ミス駒子の芸者由美を、呼んだのだ。中谷は、喜んでくれた。が、アルコールが入ると、それ以上になってしまった。中谷が、由美と、いちゃつき始めたのだ。僕は、嫉妬にかられて、由美を突き飛ばした。中谷に触《さわ》るなと、怒鳴った。由美はびっくりしたと思う。そして、僕の性癖に気付き、僕を軽蔑した眼で見て、『汚い』と、いった。その言葉は、僕にとって、もっとも屈辱的なひびきを持っていた。僕はかッとなった。気がついた時は、彼女の首を、ネクタイで絞めていた。呆然《ぼうぜん》としている僕に、中谷は、委《まか》せなさいといい、若宮社長に電話をかけ、マンションのマスターキーを持って来させた。そのキーで、他の部屋を開け、由美の死体を投げ込んだ。その時でも、中谷は、僕を愛しているから、そうしたのではなく、僕の秘密を握れば、より利用できると、考えたからなのだ」

と、貢は、いった。

ここまで話せば、貢は、全てを、自供したようなものだった。

この自供を受けて、やっと、新潟地検は、沢木敬を、釈放した。

すでに、小田研一は、栗山政一郎に頼まれて、若宮勇、中谷博、とみ子を殺したことを自供している。

三人も殺したことを自供している小田が、沢木の弁護士安部を殺したことは、否定しているのは、安部の死が、事故だったことを、示しているのかも知れない。

栗山政一郎が、どうなるか、十津川にも、わからなかった。

裁判になれば、彼は、百人近い有能な弁護士を集めて、抵抗すると、いっているからだった。

裁判は、多分、長引くだろう。

だが、新聞は、栗山政一郎の政治生命は、すでに、終ったと、伝えていた。

この作品はフィクションであり、作品に登場する人物、
団体、場所等は実在のものと関係ありません。

本書は、次の作品を改版したものです。
『越後湯沢殺人事件』ノベルス版　一九九三年八月　C★NOVELS
文庫版　一九九五年八月　中公文庫
二〇〇〇年五月　角川文庫

中公文庫

越後《えちご》湯沢《ゆざわ》殺人《さつじん》事件《じけん》
――新装版《しんそうばん》

1995年8月18日　初版発行
2021年8月25日　改版発行

著　者　西村京太郎《にしむらきょうたろう》

発行者　松田陽三

発行所　中央公論新社
〒100-8152　東京都千代田区大手町1-7-1
電話　販売 03-5299-1730　編集 03-5299-1890
URL http://www.chuko.co.jp/

DTP　嵐下英治
印　刷　三晃印刷
製　本　小泉製本

Published by CHUOKORON-SHINSHA, INC.
Printed in Japan　ISBN978-4-12-207098-1 C1193

各書目の下段の数字はISBNコードです。978－4－12が省略してあります。

中公文庫既刊より

に-7-63
わが愛する土佐くろしお鉄道
西村京太郎
高知への帰省当日に刺殺された女子大生。事件の鍵を握るのは、四国の鉄道事情と地元の英雄である龍馬の影⁉ 十津川警部は安芸へ向かう。
206801-8

に-7-64
宮島・伝説の愛と死
西村京太郎
癌で余命いくばくもない一乗寺多恵子が殺害された。犯人はなぜ死期の迫った女性を殺めたのか？ 事件解決の鍵を求めて十津川警部は宮島へ向かったが……。
206839-1

に-7-65
由布院心中事件 新装版
西村京太郎
温泉地由布院で、旅行中の新妻が絞殺され、夫に殺人容疑が。東京では妻のかつての恋人が白骨遺体で発見された。友人夫婦を襲う最悪の事態に十津川警部は⁉
206884-1

に-7-66
パリ・東京殺人ルート 新装版
西村京太郎
パリで殺害された日本人が内偵中の容疑者と判明し十津川警部は現地へ。だが謎の犯罪組織の罠に警部は窮地に。パリ警視庁のメグレ警部も捜査に協力するが。
206927-5

に-7-67
西から来た死体 錦川鉄道殺人事件
西村京太郎
広島発のぞみの車内で女性が毒殺された。彼女は二五年前に引退した女優で、岩国と日原を結ぶ「岩日北線」の全線開通を夢見て資金集めに奔走していたが……。
206992-3

に-7-68
五能線の女
西村京太郎
私立探偵・橋本は仕事の成功を祝い鉄道旅行を楽しんでいたが、千畳敷殺人事件の容疑者として拘束される！ 複雑に仕組まれた罠に十津川警部が挑む。
207031-8

に-7-69
南九州殺人迷路 新装版
西村京太郎
桜島行のフェリー内で、西郷隆盛を尊敬する代議士の若手秘書が刺殺された。容疑は西本刑事の見合い相手に。恐るべき陰謀の正体に十津川警部が挑む！
207069-1